UN FRÈRE A UN FRÈRE

OU

L'AMOUR VRAI

MES

IMPRESSIONS QUOTIDIENNES

PAR

CHARLES DALMOND

Si quis amat novit quid hæc vox clamat

Imit de J.-C — Liv. 3 — Chap. 5

CASTRES

IMPRIMERIE ABEILHOÙ, RUE HENRI IV ET RUE BOREL

UN FRÈRE A UN FRÈRE

DÉDIÉ

A Monsieur l'abbé DALMOND

CURÉ DE GINESTIÈRES (Tarn)

UN FRÈRE A UN FRÈRE

OU

L'AMOUR VRAI

MES

IMPRESSIONS QUOTIDIENNES

PAR

Charles DALMOND

Si quis amat novit quid hæc vox clamat

Imit de J. C. — Liv. 3 — Chap. 6.

CASTRES

Imprimerie ABEILHOU, rue Henri IV et rue Borel

INTRODUCTION

La tendresse inexprimable d'un frère, les grands et nombreux servives que j'en ai reçus, la sollicitude qu'il n'a cessé de me témoigner, m'ont fait commencer une œuvre que depuis longtemps je me sentais vivement pressé d'entreprendre. Malgré une certaine négligence, que je ne tiens pas à dissimuler dans un pareil sujet, le lecteur remarquera cette union intime, inaltérable, nécessaire même d'un frère avec son frère. Il semble que l'existence de l'un soit la vie de l'autre, et que de loin comme de près nous ayons besoin de nous épancher, de nous ouvrir notre cœur.

C'est ce besoin d'aimer qui m'a engagé à écrire ces pages.

Recevez, cher ami, ce faible gage de mon amour et de ma reconnaissance. Dieu, je l'espère, saura mieux vous récompenser de ces inestimables bienfaits dont j'ai été si souvent l'objet.

A MA PLUME

*Je réclame ton concours, ô ma plume, et je te
prie d'être ma compagne fidèle dans le voyage
que je me propose d'entreprendre avec toi. Si à
travers les champs que nous parcourrons il se
rencontre quelque pensée, quelques fleurs dignes
d'être cueillies, composons ensemble un bouquet
dont le parfum puisse plaire à celui qui en est
l'objet.*

*Je ne tiens pas exclusivement à l'éclat des fleurs (1)
qui doivent faire partie de notre faisceau; la condition indispensable c'est que toutes exhalent un
suave parfum (2).*

*Avant d'entrer dans la voie, demandons les
lumières d'en Haut, afin que pendant cette excur-
sion nous ne disions pas un mot qui puisse blesser,
en quoi que ce soit, l'oreille la plus délicate,
l'âme la plus innocente et la plus impressionnable*

(1) La forme de cet écrit.
(2) Le fond du livre, més sentiments, mes intentions.

MES

IMPRESSIONS QUOTIDIENNES

Nimes, 28 mai 1873.

Il ne s'est rien produit, dans la journée, qui mérite d'être mentionné. Ce matin, j'ai fait la classe à l'ordinaire, et j'avoue que j'ai été peu satisfait du travail de mes élèves. J'ai regagné ma chambre un peu indigné contre les paresseux; mais à l'heure où j'écris, le calme m'est revenu. Il est bientôt trois heures; je n'ai pas classe ce soir; je vais profiter de ce temps de liberté pour faire une promenade qui, je l'espère, me rendra mon impassibilité et mon courage habituels. . . .

Me voici de retour de ma courte promenade. Je dis courte promenade, parce que je ne suis pas sorti de la ville. J'ai parcouru une partie des boulevards et une place ; j'en avais assez. On a beau dire, si on ne voit pas toujours des scandales parmi la foule, on y voit encore plus rarement de bons exemples. C'est ce qui m'a fait penser à ces paroles de l'Imitation : *Quotiès inter homines fui , minor homo redii.*

Je me proposais donc de rentrer quand la curiosité m'a entraîné à la Cour où l'on jugeait une affaire au moment où je revenais chez moi. J'entre au palais et j'écoute quelques instants les avocats qui se débattent pour le triomphe de leur cause. La plaidoirie une fois terminée, jo me suis rappelé qu'un sermon était prêché tous les mercredis à l'hôpital à l'occasion du mois de Marie.

Comme le prédicateur était un ecclésiastique ardent, aimé et très-connu dans Nîmes, j'ai voulu l'entendre et voilà que j'ai été bientôt rendu à la chapelle où devait avoir lieu ce sermon. J'en reviens tout saisi, tout pénétré et presque tout changé, tant j'ai été satisfait du sermon, du recueillement et de tous les exercices qui ont eu lieu dans a chapelle. Ainsi passe-t-on réciproquement du profane au pieux et du pieux au profane, de la tristesse à la joie et de la joie à la tristesse, et cela dans moins de temps qu'il n'en faut à l'éclair pour sillonner la nue.

Je dois dire cependant que ces exemples édifiants ne sont pas rares, surtout dans notre ville. Dimanche dernier, nous avions à l'Assomption une fête des plus touchantes. Plusieurs élèves faisa ent leur première communion dans la chapelle du collége. Rien n'est beau comme ces jours qui vous rappellent de si précieux souvenirs! Pour moi, je ne puis retenir mes larmes toutes les fois que j'assiste à de semblables cérémonies. Et dire que celle de dimanche a été si belle! Les enfants qui reçurent ce jour-là leur Dieu pour la première fois avaient été si bien préparés! ils étaient si recueillis qu'on ne pouvait s'empêcher de les admirer et de souhaiter leur sort. Il faut dire aussi que la présence des parents, la parure des autels, la pompe des offices, tout contribuait à rendre cette journée solennelle.

29 mai

J'arrive tant seulement de la campagne, où je suis allé passer une heure avec mon bon ami l'abbé Davalis. Assis sous un olivier qui nous protégeait contre les rayons déjà ardents du soleil, nous avons causé d'une foule de choses, mais particulièrement de la politique. Elle est devenue si intéressante ! La chûte si imprévue de M. Thiers, l'avènement si heureux du brave et loyal de Mac-Mahon, n'y a-t-il pas là de quoi intéresser au plus haut degré? Pour le moment tout semble aller bien et, certes, il est évident, pour quiconque a la foi, que Dieu seul a pu nous tirer du précipice dans lequel nous étions et dans lequel nous ne pouvions que périr. Mais tout est-il sauvé? n'avons-nous plus rien à craindre? Il serait téméraire de le penser, et je crois que nous ne devons cesser de prier pour que l'œuvre qui commence si bien ait une heureuse issue.

Quoi qu'il en soit, ne nous laissons pas abattre, l'armée est pleine d'entrain, les méchants sont consternés et n'osent remuer. Marie de son côté semble prendre à cœur la défense du pays ; donc la France est sauvée.

30 mai, 7 heures du soir.

Rien, ou presque rien, qui mérite d'être mentionné depuis hier. Une lettre qui me venait de Massals m'a cependant causé un grand plaisir. C'était une réponse de M. l'abbé Pujol à une lettre que je lui avais écrite depuis quelques jours, afin de lui donner des détails sur le collége de l'Assomption, où il mettra très probablement ses neveux. J'ai fait mon possible pour le déterminer à préférer l'Assomption à tout autre établissement, persuadé qu'il trouverait difficilement mieux, et assuré que ses neveux, qui étaient mes élèves l'an dernier, seraient enchantés de venir me rejoindre dans une maison qui ne pourra que leur plaire à tous les points de vue.

Ce bon Monsieur, qui a été mon confesseur et mon

professeur, a renouvelé avec moi son ancienne amitié et a eu la bonté de m'envoyer un souvenir de Lourdes ; c'est une petite gravure représentant la Vierge de Lourdes. Ce petit cadeau m'est doublement précieux : d'abord parce qu'il me vient d'un prêtre que j'estime profondément, et en second lieu, parce qu'il me rappelle un lieu béni que j'ai visité, il n'y a pas encore un an, et vers lequel se portent toujours mes affections.

31 mai.

Voici donc le dernier jour du plus beau mois.

Je le regrette vivement. Je sais bien qu'on peut et qu'on doit aimer et honorer Marie en tout temps ; je sais bien qu'elle est toujours disposée à nous écouter ; mais il semble aussi que pendant le mois de Marie les fleurs sont plus fraîches, plus odorantes et plus gracieuses. Il semble que la piété a quelque chose de plus suave ; les cantiques sont plus joyeux ; on dirait que les hommes et la nature se sont donnés la main pour célébrer les grandeurs de la Reine du Ciel. L'air est plus doux, le ciel plus pur, la campagne plus riante, le murmure du ruisseau s'est fait plus tendre, le chant des oiseaux n'est jamais plus harmonieux. O mois regretté ! puis-je compter te revoir ?

Une âme pieuse et détachée de la terre peut seule goûter la grandeur de ces choses. C'est ce que vous devez éprouver bien souvent, mon cher frère, dans votre solitude de Ginestières, où vous pouvez apprécier les dons et les beautés de la nature, sans être troublé dans vos méditations, par la présence du mal ou des scandales qu'on rencontre parfois sur son chemin, quand au sein des villes, on est obligé de fendre les foules pressées. Heureuse solitude ! Heureuses campagnes ! *O fortunatos nimium bona si sua norint (Agricolæ).*

1ᵉʳ Juin.

Quel beau jour que le jour de la Pentecôte !

Nous l'avons célébré aujourd'hui avec toute la pompe possible. Pour moi, afin d'être plus agréable au bon Dieu, et de pouvoir me livrer à toute la joie des enfants de l'Eglise, j'ai voulu me purifier, hier soir, par les eaux de la pénitence. Après la classe, j'ai donc couru chez les RR. PP. Récollets, et bientôt courbé sous la main bénie qui m'a tant de fois donné le pardon, j'ai reçu de Dieu cette grâce sublime qui rend l'âme heureuse et le front radieux. Ce matin, Dieu a mis le comble à ses faveurs en m'honorant de sa visite. Mon cœur surabondait de joie, et mon âme, dans le délire d'une sainte ivresse, ne se croyait plus sur la terre. O âmes tièdes et lâches, savez-vous ce que c'est qu'aimer Dieu ? Connaissez-vous l'Eucharistie ? Si vous connaissiez le don de Dieu !..

Mais ce n'était pas assez d'une joie ; Marie a voulu m'envoyer ses consolations. Après nos vêpres, je suis allé assister à la clôture du mois de Marie à l'hôpital général. J'en reviens tout ému. Non seulement les ornements et les lumières étaient prodigués, mais encore on y entendait une délicieuse musique. Je dois un compliment à M. l'abbé Chapot qui nous a donné le plus beau sermon qu'on puisse entendre sur la Sainte Vierge.

Ce n'était pas encore assez ; je devais terminer un si beau jour en me livrant à d'autres joies, moins saintes il est vrai, mais toujours innocentes. Je veux parler de la lettre que je viens de recevoir de vous, bien aimé frère, dans laquelle vous me dites tant de bonnes et heureuses choses. Vous m'annoncez en particulier que vous allez partir pour Lourdes le 8 juin. Oh ! tant mieux que vous entrepreniez ce pieux pèlerinage ! Je ne doute pas que vous soyez aussi satisfait que je l'ai été moi-même, l'an dernier, le même jour.

Allez donc, cher ami, et surtout ne m'oubliez pas auprès de Celle qui peut tout auprès de son Fils. Mes
prières, soyez en sûr, vous accompagneront.

2 juin.

Une seule chose me rend cette journée mémorable.
Je veux parler de l'Illustre exilé qui est une des plus
belles figures de nos jours. Que de simplicité et de grandeur ! Que d'humilité et de science ! que de modestie et
de majesté réunies à la fois sur l'Auguste personne de
Mgr Mermillod !

Je viens de l'entendre, j'en reviens ravi, tout l'auditoi-
re était compacte et frémissant. Encore quelques hommes en France de cette sainteté, de cette énergie, de ce
caractère, et la France est sauvée, et le monde sortira de
l'abîme.

6 juin.

Voilà quatre longs jours que je laissais mon cahier.

Vous allez peut-être m'accuser de négligence ou d'in-
différence. Mais non, impossible ; vous savez bien, cher
frère, que je ne suis pas capable de vous oublier pendant
un temps si considérable. Je ne me sens pas donc trop
coupable, vu surtout que je vous ai adressé cette semaine une longue lettre.

Et puis, il faut l'avouer, il y a des jours sombres, sans
gaîté, sans poésie, où l'âme abattue, semble se plaire
dans sa mélancolie et fait d'inutiles efforts pour bannir
la torpeur qui l'absorbe. Une fois dans cet état, si une
circonstance particulière, un fait saillant ne vient rani-
mer ses facultés, on doit renoncer à écrire; on sèmerait

vaguement quelques pensées que le papier ne saurait assez dissimuler et qui révéleraient plus tard les atteintes de cette léthargie à laquelle il est parfois impossible de se soustraire.

Et, le dirai-je? la ville a sur la campagne cet immense désavantage que, par sa monotonie, elle finit par assombrir les idées, rétrécir l'intelligence et inspirer un tel dégoût qu'on aspire sans cesse après un air plus pur, des variétés plus riches et des horizons plus étendus. Non, jamais la ville ne possédera les agréments de la campagne, jamais elle n'aura les fleurs à profusion, les vertes prairies, les haies d'aubépines fleuries, les claires fontaines, les moissons dorées, le murmure de l'insecte et le ramage des oiseaux. Oh! que le poète latin avait donc bien raison de chanter les campagnes et le bonheur des colons !

8 juin

C'est aujourd'hui la fête de la Trinité. Nous l'avons célébrée à l'Assomption avec une ferveur et une solennité toute particulière. Un jeune père, ordonné prêtre depuis hier, chantait sa première messe, ce matin, devant tout le collège réuni. Quelle piété ! quelle ferveur dans ce nouvel apôtre tout brûlant de zèle et du plus ardent amour pour Dieu !

Aussi, après la messe, avec quels sentiments de respect n'avons-nous pas baisé ces mains sacrées qui, pour la première fois, enfantaient Jésus-Christ et nous bénissaient !

Telles sont, cher frère, les douces impressions de cette admirable journée qui a fait tant de bien à mon âme.

Et vous, cher ami, n'avez-vous pas aujourd'hui vos joies et vos consolations ? C'est le jour de votre départ pour le pélerinage de Lourdes, et à l'heure qu'il est (7 *heures du soir,*) vous avez sans doute parcouru une partie de la distance qui vous séparait du lieu béni.

Il me semble entendre vos prières et vos pieux cantiques percer les airs et pénétrer les cieux. On n'entend plus l'affreux ronflement de la locomotive, ni le bruit strident du fer. Le tout est absorbé par les chants et les entretiens religieux. Les wagons sont comme autant d'oratoires ambulants (*singulier contraste*) qui vont protester contre l'incrédulité et l'impiété de nos temps.

Oh ! laissez-moi me joindre à vous par le cœur, chers pélerins ! laissez-moi vous accompagner de mes vœux ! Marie vous contemple avec un doux sourire, et vous suit d'un regard protecteur qui écartera de vous tout danger pendant la route.

Et là-bas, dans son sanctuaire, ou aux pieds de la grotte, Elle vous réserve ses plus précieux bienfaits, qu'elle répandra à profusion sur vous tous. Frère, ne m'oubliez pas, vous m'en avez fait la promesse.

9 juin.

Vous voilà donc arrivé au terme de votre voyage, cher ami. Vous voilà à Lourdes avec Emilie, Louis et Justine, tous remplis de saintes émotions et comblés de toutes les faveurs du Ciel. Pour moi qui n'ai pu vous accompagner, je participe néanmoins à votre bonheur et malgré la longue distance de Nimes à Lourdes, jamais je n'ai été plus près de vous par la prière, par le cœur, par les sentiments.

Mais vous allez quitter bientôt la patrie de Bernadette ; peut-être à l'heure où je trace ces lignes, la vapeur vous rapproche de plus en plus de Ginestières.

Quoi qu'il en soit, que Marie protége votre retour.

A vous maintenant, cher ami, de me dire vos impressions ; à vous de me raconter ces mille détails qui ont fait le charme de ce voyage, le plus long sans doute que vous ayez jamais entrepris.

A bientôt donc votre lettre, je l'attends avec impatience.

13 juin.

Vaine attente, j'espérais qu'une lettre de votre part viendrait me mettre au courant des mille incidents intéressants qui ont dû surgir pendant votre pélerinage. Il n'en est rien. Il est vrai que je me montre impatient, exigeant même, en demandant, ou au moins en prétendant être le premier satisfait sur ce point. J'oublie trop que vous avez eu des parents et des amis à voir, lesquels avaient plus de droit que moi à vos premiers récits. Je vous excuse donc d'autant plus, cher frère, que je suis sûr de ne pas être oublié. Il y a d'ailleurs si peu de temps depuis votre arrivée, qu'à peine avez-vous pu prendre un repos rendu indispensable après un long et pénible voyage ; à peine avez-vous pu satisfaire les plus dignes ou les plus empressés ; à peine si vous avez eu le loisir de prendre la plume pour confier au papier les aimables choses que j'attends. Je reste donc résolu dans mon impatience, ferme dans mon attente, sachant bien que ce qui est différé n'est pas perdu.

15 juin.

La Fête-Dieu, quel beau jour !

Nous venons tous d'assister à la procession. Le drapeau de l'Assomption, porté par les grands élèves, nous précédait et témoignait de notre foi et de notre respect pour le culte que nous avons voulu rendre aujourd'hui public et solennel. Je dois dire du reste que Nimes est admirable dans ces circonstances et que les autorités religieuses sont merveilleusement secondées par les autorités civiles et militaires qui ont toutes contribué à l'ordre et à l'éclat de la cérémonie. La population de son côté, pleine de zèle et d'enthousiasme, n'avait rien négligé pour décorer les rues et rendre plus triomphal le passage du divin Maître.

Oh ! que j'aime la Fête-Dieu ! Que j'aime à voir l'Eternel, laissant ce jour-là l'étroite enceinte du sanctuaire, parcourir nos rues et nos places ! Chacun l'adore, chacun s'empresse.

Le prêtre, sous les riches habits que lui prête l'Eglise, le porte et lui offre l'encens. Le vieillard, prosterné sur le seuil de sa porte, ou la pierre du chemin, courbe sa tête blanchie par les années, et verse une larme d'attendrissement sur le passage de Celui à qui il doit d'avoir vu les enfants de ses fils. Le jeune homme et la jeune fille, revêtus d'habits blancs, font cortége au Dieu de leur première communion. Et l'enfant, sous ses boucles d'or, sous sa robe blanche ou rouge, avec sa grâce et sa candeur, s'efforce de jeter à Celui dont il sait à peine bégaye le nom, des milliers de fleurs qui se confondent merveilleusement avec la fumée de l'encens.

Mais ô admirable humilité de mon Dieu ! Tandis que tout s'agite autour de vous ; tandis qu'on voit tout, jusqu'au nuage produit par le grain d'encens, Vous seul, Vous qui remplissez l'univers, restez caché sous les apparences d'un morceau de pain et vous voulez paraître le plus petit.

O grands du monde, et toi, orgueil insensé, venez vous instruire, ou plutôt venez vous anéantir ou crouler auprès du Dieu de l'Eucharistie !

16 juin

A l'heure où j'écris ces lignes, la paroisse des Carmes fait sa procession. Je viens de la voir passer, et j'ai eu l'insigne faveur de me prosterner sur les pas de Jésus et de recevoir sa bénédiction. J'ai ensuite continué ma marche dans le sens inverse de la procession. Partout j'ai constaté la même affluence, le même respect, le même empressement; partout les rues semblaient changées en vastes oratoires; chacun sortait ses plus riches étoffes, ses plus beaux tableaux et témoignait de son amour sincère pour le roi des rois. Quant à la procession elle-même, rien n'avait été négligé pour la rendre digne de Celui qui en était l'objet. Parmi toutes les beautés et les richesses de toute sorte, une chose m'a frappé. Ce sont ces milliers d'enfants à la figure angélique et radieux d'innocence. Ils étaient tous beaux et l'art n'avait rien négligé pour les rendre plus semblables à leurs frères, les anges; mais rien tant que leur candeur ne me rappelait mieux l'enfance et la pureté de Jésus. Quelques-uns même en avait adopté le costume. L'un portait la robe d'écarlate avec la ceinture; un autre, sous un costume à peu près semblable, portait sur ses épaules enfantines une croix en bois, qui rappelait celle du divin Maître; d'autres étaient habillés en cardinaux ou en religieux. Oh! que vous êtes beaux, petits anges de la terre! puissiez-vous, comme votre frère Jésus, grandir dans l'innocence et ne connaître jamais les horreurs d'une conscience coupable! Puissiez-vous garder toujours ces grâces charmantes qui sont l'objet des complaisances du Très-Haut, et préparer à la France et au monde chrétien un avenir plus glorieux et plus digne de l'Eglise et de Dieu.

2

19 juin

Je viens d'assister à une cérémonie bien belle, bien
pieuse, bien touchante. Je veux parler de la procession
du Saint-Sacrement qui a eu lieu, ce soir, dans le jardin
du couvent dit de la Calade.

Quelques-uns de mes collègues et moi avons été in-
vités à faire partie des rares laïques qui ont pu pénétrer
dans l'intérieur du couvent. Un nombreux clergé et
beaucoup de dames s'étaient mis sur les rangs ; mais il
y avait si peu de laïques que j'ai dû consentir à prendre
un bâton du dais. Honneur bien grand qui m'a été ac-
cordé pour la première fois.

Oh ! comme j'étais heureux de remplir de telles fonctions et de me trouver si près du bon Dieu ! Et puis, il
y avait tant de recueillement, tant de ferveur parmi cette
assemblée de choix, qu'on se sentait l'âme ravie. Oui, il
y a dans ces cloîtres, dans ces retraites privilégiées, un
je ne sais quoi qui fait parfois envier le sort de ceux qui
les habitent, et inspire par moment un profond mépris
pour la vie du monde.

22 juin

Elle est enfin arrivée votre lettre si impatiemment
attendue. Comme j'avais lieu de m'y attendre, les détails
les plus intéressants s'y trouvent à profusion ; elle est
longue, aimable, en un mot telle qu'il me les faut. Tout
ce que vous me racontez de votre voyage à Lourdes me
fait d'autant plus de plaisir que vous paraissez heureux
et satisfait à tous les points de vue.

Le *Patriote albigeois* n'éprouve pas votre paix et votre
bonheur. Il ronge, comme il le peut, sa colère et sa haine.
Il murmure même quelquefois et blasphème tout haut.

Dans sa rage infernale, il ose insulter à vos droits et à
vos saintes et légitimes protestations. Vous êtes revenus,
dit-il, Gros-Jean comme devant. Hélas! il se trompe
grossièrement sans doute; mais ce qu'il y a de bien sûr,
c'est que, après avoir soutenu sa polémique infernale et
anti-catholique, il pourra se vanter d'être, non pas Gros-
Jean comme devant, mais bien plus infâme qu'avant.

Le *Tarn*, qui m'a appris, après votre lettre, quelques
détails sur votre pélerinage, ainsi que les colères inutiles du *Patriote*, m'annonce aussi le changement du vicaire de Villefranche, et me fait connaître son succes-
seur, l'abbé Monteils, d'Albi. Je connais beaucoup ce
jeune prêtre ; il fut jadis mon élève à Lavaur, alors
qu'il n'était encore qu'élève de cinquième.

Je félicite M. le curé de Villefranche d'être aussi bien
servi. L'abbé Monteils est certainement aussi bon sujet
et aussi bon prêtre, qu'il était autrefois séminariste intelligent, capable, et surtout distingué par sa conduite
réglée et sa piété exemplaire.

23 juin.

C'était hier la procession de la Fête-Dieu à la paroisse
Saint-Charles. Elle était belle, riche et surtout nombreuse et recueillie. Monseigneur Plantier y assistait
avec cette dignité et cette ferveur qui en imposait aux
plus libertins. Malgré sa faible santé, n'est-il pas toujours et partout le premier, quand il s'agit de faire du
bien et d'affirmer ses convictions ?

Voilà donc les processions de la Fête-Dieu closes pour
l'année 1873. Je le regrette; ces sortes de cérémonies se
font à Nimes avec tant d'ensemble, d'enthousiasme et
de piété, qu'on aime à assister souvent à de tels triomphes
pour la religion et pour l'Église, dans un temps où l'É-

·glise se trouve opprimées et semblerait exciter quelque,
·craintes, si elle n'avait des promesses certaines de
vie.

O vous, ennemis enragés de l'Eglise, quand cesserez-
vous vos persécutions et vos plans insensés ! Ne savez-
vous pas, et l'expérience de tant de siècles ne vous prou-
ve-t-elle pas, que l'édiflce bâti sur le roc, résistera à tous
vos efforts conjurés, parce qu'il est fondé et soutenu par
l'esprit de Dieu , de qui découlent toute force et toute
puissance ?

26 juin

Nous avons célébré hier la fête du R. P. d'Alzon, fon-
dateur et supérieur du collége de l'Assomption.

Ce sont des jours de far-niente, où le corps proflte
peut-être beaucoup plus que l'âme, mais il faut le dire
cependant, l'âme aussi ne perd jamais ses droits dans ces
circonstances.

Voici quelques détails sur cette fête:

Dès la veille nous nous sommes rendus à la salle du
théâtre, où nos élèves ont joué des pièces jusque vers
minuit. La séance se termina par une quête en faveur
des pauvres, et chacun se retira.

Le lendemain, après la messe, et un déjeuner copieux,
de nombreuses voitures, louées par l'établissement , se
présentent à la porte du collége à l'heure indiquée, et –
dans quelques instants toutes les divisions, avec tous les
professeurs qui en sont spécialement chargés, se trouvent ainsi transportés dans des lieux plus ou moins éloi-
gnés, mais toujours agréables, où l'on se fait servir un
diner confortable, et où chacun s'amuse de son mieux
jusqu'au moment du départ. Une fois rentrés dans la
maison, un magnifique diner est offert aux maitres et à

tous les élèves qui, ce jour-là, prennent leur repas à côté de leurs professeurs.

Ce dîner a toujours un cachet particulier qui le distingue de tous les autres. Il a lieu, ou dans une des cours de l'Assomption, ou bien, et plus souvent, en dehors de la maison dans un endroit préalablement désigné.

C'est pendant ce célèbre et traditionnel dîner, que les élèves des hautes classes montrent leur talent poëtique, dont ils épuisent toutes les ressources. Des flots de poësie se répandent à profusion sur les assistants qui, hélas ! ne sont pas tous à l'abri des satires.

L'élève qui monte sur le tréteau attaque bien ses condisciples, mais il arrive plus souvent de diriger ses pointes et ses ironies contre un de ses maîtres, qui répond quelquefois, mais qui plus ordinairement laisse passer sans protester ces petites malices, ne prenant pas, et ne devant pas prendre la chose au sérieux.

Après la série de ces diverses poësies chantées ou non chantées, on porte un toast, soit au Pape, soit à la France, soit au chef de la maison, et tout rentre dans le calme. Le lendemain la vie de collége a repris sa marche austère et monotone, et voilà précisément où nous en sommes à l'heure où je trace ces lignes que je laisse pour aller entendre la messe de 7 heures.

29 juin

C'est un bien beau jour que la fête des apôtres Pierre et Paul. Il est vrai que je ne l'avais jamais célébrée avec autant de pompe.

Hier soir, à 7 heures, eut lieu à l'Assomption, l'érection et la bénédiction d'une belle statue de Saint-Pierre. Après cette cérémonie qui fut si touchante, nous fîmes une procession dans les cours de la maison, et au retour,

nous fûmes admis au baisement des pieds de la
statue.

Aujourd'hui la dévotion et le zèle en faveur du grand
Apôtre n'a pas eu moins d'éclat. Contrairement à l'usage
de la maison, nous avons assisté à deux messes; à la première, il y a eu communion générale; à la seconde, qui
a été chantée, on a encore fait une procession à la statue
de St-Pierre, afin de procéder à un autre baisement solennel des pieds.

C'est encore à la grand'messe qu'a eu lieu une cérémonie qui nous à tous remplis d'ardeur et d'enthousiasme pour la cause de l'Eglise et de la religion. Je veux
parler de la réception des maîtres et des élèves à la noble et sainte phalange des pélerins. Chacun de nous a
reçu une croix rouge, bénite par le Pape lui-même, et
sous cette livrée, qui nous rappelait les anciens croisés,
nous avons fait intérieurement de généreuses promesses,
tandis qu'extérieurement, fiers de la croix qui repo-
sait sur nos poitrines brûlantes, nous avons protesté
contre les lâchetés et les impiétés de notre malheureuse
époque.

Cette croix rouge, que je suis fier de porter à ma bou-
tonnière, est d'une assez petite dimension, et porte au
verso une inscription en latin ainsi conçue : *Servire Do-
mino Christo.*

Les jeunes enrôlés dans cette nouvelle croisade sont
déjà nombreux et résolus ; puisse la grande famille catholique passer bientôt sous ce drapeau de régénération
et de salut, et former cette vaillante armée de braves,
qui doit étonner le monde, rendre à l'Eglise ses droits,
à la religion sa prospérité, et à la France sa gloire et ses
enfants.

4 juillet.

Voilà plusieurs jours que ma plume n'écrivait rien pour vous, cher ami; je me le reproche presque; et néanmoins vous me le pardonnerez d'autant plus que je n'ai pas cessé de penser souvent à vous, au milieu des nombreuses occupations de toute sorte qui se sont partagées mon temps. Si j'ai laissé ma correspondance, c'est que je me devais tout entier à ma classe. C'est maintenant, le mois de juillet, qu'ont lieu les grandes compositions qui doivent fixer définitivement pour les prix. Ces compositions durent quatre heures, et demandent pour la correction un temps d'autant plus long qu'elles sont elles-mêmes plus longues et plus importantes.

Ajoutez à cela qu'il faut penser aux matières qui doivent être le sujet du dernier examen trimestriel, les repasser dans le peu de jours qui restent, promettre, récompenser ou punir pour obtenir un passable résultat, et vous aurez une idée d'un pauvre professeur qui touche aux derniers jours de l'année classique.

Je ne vous dirai rien des chaleurs insupportables que nous endurons à Nîmes pendant les deux ou trois derniers mois; c'est une fatigue de plus qui se joint à la première, mais qui lui est tellement inférieure qu'elle disparait pour ainsi dire entièrement. Telle une douleur légère semble s'anéantir sous l'empire d'une douleur plus aiguë, sans cesser parfois de miner insensiblement le corps qui en est atteint.

Voilà, si je ne me fais pas illusion, qu'elle est notre vraie situation à cette époque de l'année.

Pour vous, cher frère, je vous crois plus favorisé, et il me semble que le Ciel a eu pour vous de véritables priviléges. Je sais bien que les fonctions du ministère sont redoutables et que nul, mieux que vous, ministre du

Très-Haut, ne peut mesurer l'étendue de ses obligations. Je sais bien que les déboires peuvent même quelquefois dépasser les consolations et plonger l'âme du prêtre catholique, sinon dans le découragement, du moins dans une profonde tristesse ; sauf ce cas, que je prie la Providence de vouloir vous épargner, il est certain que vous êtes admirablement bien partagé.

Vous n'avez à Ginestières, ni le tumulte des villes, ni les ennuis d'un monde officiel ; bien plus, vous avez, ce me semble, tout ce qui peut vous rendre ce séjour agréable. Vous y jouissez d'un air toujours pur, et jamais un soleil torride ne vous empêche d'aller respirer les parfums de votre parterre, ou de faire autour du village une promenade solitaire. Si la fatigue se fait légèrement sentir, vous vous reposez tranquillement assis au fond d'une prairie, sur le bord d'un bois, ou sous un de ces vieux chênes qui avoisinent votre presbytère et dont les sommets se marient si bien avec le modeste clocher de l'Eglise. Là, étendu sur le gazon, protégé contre les ardeurs du soleil, et loin de tout regard, vous vous laissez peut-être surprendre par un paisible sommeil. Rien ne trouble le calme qui règne autour de vous. A peine si de temps à autre on en entend dans le lointain la voix du rossignol, le chant du laboureur, ou le doux murmure d'un ruisseau.

Tout au plus si Ondine (1), votre compagne fidèle, reposant avec vous sur le même tapis de verdure, vous avertit quelquefois, par un cri soudain, de la présence d'un passant ou de tout être vivant qui pourrait troubler la paix de cette heureuse solitude.

Oh ! oui, cher ami, je vous sens heureux dans vos montagnes ! *Deus nobis hæc otia fecit.* Vivez-y longuement

______

(1) Petit chien de M. le Curé de Ginestières.

afin qu'il me soit permis de venir de temps en temps partager votre bonheur.

6 — 7 juillet.

Minuit... O brièveté du temps ! tandis que je trace ces lignes, toutes les horloges de la ville m'annoncent que la journée du 6 n'est déjà plus, qu'elle ne reviendra jamais, et que le jour qui ne fait que commencer aura bientôt sa fin. Ainsi peu à peu approche le moment de notre éternité.

Cependant, quel spectacle au dehors ! tandis qu'une partie de la ville est ensevelie dans un profond sommeil, il en est que le plaisir retient encore. J'entends des cris au dehors ; j'entends surtout le roulement des voitures qui ramènent chez eux les spectateurs du Casino. Le temps est calme et la lune brille de tout son éclat. Mais nos appartements sont encore brûlants de la journée d'hier.

Etouffant dans mon lit, plongé dans une transpiration des plus abondantes, le sommeil fuit mes paupières. Aussi, ai-je voulu, cher ami, à cette heure où, plus heureux que moi, vous jouissez sans doute de tous les bienfaits de Morphée, penser à vous, écrire quelques mots qui témoigneront plus tard de mon attachement et de mon entier dévouement pour vous : *Scripta manent.*

11 juillet.

Dieu ! comme les chaleurs sont fortes à Nimes ! Etre jour et nuit soumis à une transpiration continuelle, quelle dure condition !

Il en est sans doute autrement à Ginestières, très-cher ami. Là-haut les bois sont nombreux, les ruisseaux

coulent toujours frais, et vous n'êtes jamais sous ce ciel
de feu qui fait rechercher les lieux les plus inaccessibles
aux ardeurs du soleil. Le matin et le soir, vous respirez
l'air le plus pur ; à midi , vous jouissez encore du doux
zéphir qui ne cesse d'agiter le feuillage des vieux chênes
qui vous offrent à toute heure leur champêtre hospitalité.

Là, plus heureux que moi, vous jouissez en paix de
tous les priviléges de la campagne, et tandis que vous ré-
citez des prières que la solitude rend plus ferventes, vous
entendez dans le lointain ,   tantôt la voix du rossignol ,
tantôt le cri sourd et monotone du coucou, ami des fo-
rêts et des profondes retraites. Quelquefois c'est un can-
tique, ou l'air d'un psaume qu'une bergère apprit jadis à
l'église de Ginestières. D'autres fois enfin, c'est le chant
rustique du moissonneur qui agite sa faux et couche dans
la plaine d'abondantes moissons.

O fortunés habitants des campagnes, nous croyez-vous
plus heureux que vous ? N'est-ce pas pour vous que le
ciel a créé ces merveilles et prodigué ses plus beaux
dons ?...

14 juillet.

Le principal évènement de cette journée est le départ
pour Lourdes de deux mille cinq cents pèlerins nimois.
Ce chiffre se passe de commentaire. Je dirai seulement
qu'ils ont été favorisés par un temps magnifique, et que
tous étaient animés d'un saint enthousiasme, que la présence de Monseigneur Plantier, directeur de la pieuse
caravane, contribuait à rendre plus grand et plus général. Avant de quitter la gâre, l'auguste prélat a béni la
foule immense qui, ne pouvant pas prendre part au pélerinage, avait voulu du moins s'y associer en accompa-
gnant leurs frères et priant pour eux.

Un instant après la vapeur les ravissait à nos regards attentifs; mais plus la distance s'allongeait, plus nos cœurs s'unissaient.

Tel est le caractère admirable du plus pur amour, de s'attacher irrésistiblement à tout ce que Dieu suscite de grand et de beau.

18 juillet.

C'était hier le retour de Lourdes de nos pèlerins. Plusieurs miracles incontestables ont été constatés ; aussi quelle ferveur, quel entrain, quel enthousiasme dans cette foule qui arrivait du sanctuaire béni ! Nous les avons vus revenir la gaieté dans l'âme, la croix sur toutes les poitrines, le gros chapelet au cou, ou autour des reins. Nous les avons suivis à la cathédrale, où nous avons tous chanté un *Te Deum* d'actions de grâces. Monseigneur Plantier, et un nombreux clergé, tous avec la croix de pélerin, ont traversé la ville à pied, et accompagnés d'une foule immense qui les acclamait. Oh ! que de tels spectacles sont beaux ! On le sent, mais on est impuissant à rendre sa pensée. On voit seulement que le doigt de Dieu est là, et qu'un pareil réveil de la foi ne peut qu'être inspiré d'en haut pour le salut de l'Eglise et de la France.

27 juillet

Pardonnez-moi, cher ami, c'est trop longtemps rester sans écrire une ligne pour vous. Ce n'est pas que je n'aie pensé bien souvent à vous, au plaisir que nous allions éprouver de nous revoir dans quelques jours, mais il m'a été presque impossible de prendre la plume pour fixer quelques idées sur ce cahier. Les examens, les mille préoccupations de toute sorte qui ne manquent pas de se présenter à cette époque de l'année, tout tombait sur moi pour m'empêcher de penser à moi ou d'écrire aux miens.

Heureusement tout est fini depuis hier, et je puis dire qu'à partir d'aujourd'hui, je suis libre comme l'oiseau de l'air. Encore demain, et voilà le 29, jour de notre distribution des prix.

Elle doit être présidée par Monseigneur Plantier, et aura, je crois, toute la solennité possible.

Mercredi sera employé à faire un petit paquet que je prendrai avec moi, et jeudi je prendrai le chemin de fer pour me rendre au plus vite auprès de vous, au pays que j'aime, parce que j'y ai reçu le jour, et parce que j'y ai laissé ceux que j'aime le plus après Dieu.

Au reste, les chaleurs, déjà si fortes ici, semblent aller toujours croissant ; aussi je m'empresserai de me soustraire à ce climat de plomb pour regagner les fraîches montagnes du Tarn.

Ginestières, 10 août.

Me voici enfin, après un voyage long et pénible à cause de la chaleur, rendu au pays et à la famille. Quel bonheur pour moi, cher ami, de vivre à côté de vous, de passer tout mon temps auprès de celui qui après Dieu mérite et possède toutes mes affections! Oh! qui a jamais compris l'amitié vraie, l'amitié sincère et durable? Qui a jamais goûté les délices qu'éprouvent deux cœurs qui se sont unis pour n'en faire qu'un ?

Mais d'autres causes me rendent le séjour de Ginestières doublement cher. Ici, on ne ressent point les ardeurs torrides d'un ciel de feu. Le climat s'y montre plus bienfaisant ; l'eau qui coule en abondance tempère le sol ; les bois rafraîchissent l'atmosphère, et les plus doux zéphirs parcourent dans tous les sens ces délicieuses montagnes.

Les villages sont gais ; chacun se donne du mouvement ; on s'empresse de faire provision pour l'hiver, et tandis que naguère on entendait dans les champs le cliquetis de la faux, on n'entend maintenant dans l'aire que le bruit cadencé du fléau.

Bientôt la vigne apportera son contingent. On recevra ses dons avec non moins d'empressement ; alors plus que jamais, la joie devient plus vive, les ménages plus animé. Telle est la vie de la campagne avec ses variétés et ses charmes, vie que j'aime, et dont j'ai dit plus haut les précieux avantages.

Ginestières, 12 août.

Cette journée est une des plus monotones qu'il soit donné à l'homme de traverser. Pas un fait qui mérite d'être mentionné. D'épais nuages voilent le soleil et nous cachent l'azur des cieux. Il est vrai que cet état du ciel a des avantages précieux pour l'humanité. Si l'aire est moins animée, nos jardins, nos champs et nos sentiers sont plus fréquentés. Au lieu des chaleurs écrasantes, on respire partout l'air frais des montagnes. Le colon laisse son fléau, regagne les champs, ou se repose pour mieux travailler le lendemain.

Ainsi l'a voulu l'admirable sagesse de la Providence qui, non-seulement, a fait les saisons, mais encore a ménagé à l'homme des jours de travail et des jours de repos. Elle a fait aussi le jour et la nuit, et sema sur la terre ces mille variétés de toute nature qui sont une preuve éclatante de l'existence de l'Etre Suprême, créateur et sublime organisateur des mondes.

O vous, matérialistes, sceptiques, incrédules de toute
orte, que faites-vous de votre raison, quand, à la vue des
merveilles que Dieu a semées sur vos têtes et sous vos
pieds, vous osez vous écrier avec l'impie : *Non est Deus,*
l n'y a point de Dieu!

15 août.

L'Assomption, quelle belle fête! quel beau jour! Je ne
sais comment il se fait que j'aime cette fête d'une manière toute particulière. Je tiens à la célébrer de mon
mieux, et j'avoue que j'y suis fortement excité par l'empressement et le recueillement des pieux fidèles de
Ginestières, dont la grande majorité se montre toujours
admirable quand il s'agit de célébrer les solennités de
la religion.

Nous avons donc fait notre possible pour rendre cette
journée plus digne de Dieu et plus agréable à sa divine
Mère. Les autels étaient mieux parés, les ornements plus
riches. Les chants et les divers cantiques en l'honneur
de Marie, auxquels se mêlait la voix de l'orgue, avait
un caractère d'enthousiasme et de solennité qui semblaient réjouir les cœurs de ces pieux chrétiens.

Que dire de la procession extérieure qui a eu lieu à
l'issue des vêpres ? Le cœur sent mais la plume, ne peut
rendre ce qu'éprouve une âme sensible en voyant ces
rangées de fidèles parcourir avec ordre la crête de la
montagne en chantant des cantiques ou en récitant des
prières. La croix et la bannière confondues parfois avec le
feuillage des arbres du chemin. La gracieuse et fréquente
vibration de la cloche, tout cela a je ne sais quoi d'aimable et d'harmonieux qui satisfait à un haut degré l'â-
me capable de comprendre et d'aimer.

Tel est l'heureux effet qu'a produit la fête d'aujourd'hui.

Elle m'a rappelé aussi ma chère Assomption de Nimes,
où j'ai le bonheur d'être professeur, et que j'aime profondément, parce que là seulement j'ai trouvé cet ensemble
de choses qui font l'homme complet et le chrétien sérieux, qualités indispensables que l'enfant, les parents, la
société, Dieu même demandent impérieusement, et
dont tant de maisons d'éducation savent néanmoins si
facilement s'affranchir.

19 août

La journée d'hier, que j'ai passée presque toute entière
à Villefranche, m'a fourni les plus agréables distractions.
Dès 9 heures du matin, les autorités locales, accompa-
gnées d'une nombreuse assistance, se trouvaient réunies
à l'établissemement des Frères, à l'occasion de la distribution des prix aux élèves de cette maison, déjà si flo-
rissante, quoique à son début. J'ai pu me rendre un
compte exact du zèle intelligent de ces bons congréga-
nistes appelés à faire tant de bien à la jeunesse. J'ai
constaté avec une espèce d'admiration les succès incontestables que ces maitres dévoués avaient su obtenir de
leurs élèves qui, pour la plupart du reste, ont fait preuve
d'une intelligence précoce.

Après les exercices d'usage, M. le curé de Villefranche,
auquel étaient confiés les honneurs de la présidence, et
qui, on le sait, prit une part si active à la fondation de
cet établissement, fit très-heureusement ressortir, en
quelques mots bien sentis, le mérite des maitres, leur
utilité et les avantages précieux que le pays retirait
de leur intrépide concours dans l'éducation de la jeunesse.

Il était onze heures et demie. L'aimable séance était
terminée.

Désireux de voir la famille Gisclard, qui a toujours vécu dans les meilleurs rapports avec la mienne, je m'y rendis aussitôt. J'eus l'avantage de voir tous les membres de l'honorable famille, dans laquelle je reçus le plus bienveillant accueil. Comme j'étais heureux de serrer la main et de causer avec le bon père Gisclard, parent, ami et ancien camarade de mon vieux père, que j'ai le bonheur de pouvoir embrasser encore si souvent. Aimables vieillards, que vos cheveux blancs sont beaux et respectables ! que votre présence et votre conversation me sont agréables ! que de sages enseignements devraient nous donner vos longues années.

20 août

Jamais journée plus calme, plus heureuse, jamais je n'ai goûté mieux qu'aujourd'hui les charmes de la solitude.

Messe, lectures, prières, promenades solitaires non loin du village, telles sont les occupations auxquelles je me suis à peu près livré. Dans la soirée, (il était environ 4 heures), je m'acheminai lentement vers Coucarel, en suivant l'âpre sentier qui y conduit. Ondine (1) était mon seul compagnon. Arrivé à la petite croix champêtre, plantée au bord du chemin, à quelques mètres de Ginestières, je m'aperçus que l'ouragan avait emporté les bras de la croix de bois que j'aimais à saluer quand je passais dans l'étroit sentier. Contrarié par ce regrettable accident, j'allais infliger un blâme sanglant au nouvel et audacieux iconoclaste, quand je réfléchis que Dieu avait fait la tempête, comme il avait fait le calme, mais que ne lui ayant pas donné l'intelligence, elle ne saurait

(1) Petit chien de M. le curé de Ginestières.

encourir aucune responsabilité. Je m'arrêtai donc au
parti le plus sage de prendre dans mes bras la pièce em·
portée, et de la remettre à sa place primitive, afin de rendre au signe de notre rédemption sa forme et sa solidité.

Pour obtenir cette dernière qualité, je m'armai
d'une grosse pierre dont je frappai à plusieurs coups
le clou qui fixait ensemble les deux parties de la
croix. Satisfait de cette opération, je priai un instant
au pied du divin étendard. Puis, assis sur une pierre,
à côté de la croix que j'étais heureux d'avoir pu res-
taurer, je me livrai insensiblement, et comme malgré moi, à de douces et inexplicables rêveries,
ou si vous le voulez, à une mystérieuse méditation,
telle que la solitude seule peut quelquefois en inspirer. Rien ne venait troubler cet état d'innocentes délices. Je n'avais en face que ma croix chérie, et dans
l'infini le soleil que l'horizon allait bientôt dérober à mes
yeux. A droite était le rustique chemin : à gauche un
vieux chêne dont un vent léger caressait doucement
le feuillage. Dans le lointain on entendait le bruit monotone et confus d'un vannoir qu'une main inconnue
mettait en mouvement.

Tels sont les seuls objets qui frappaient mes sens et
qui, loin de troubler mon repos, le rendaient mille fois
plus poétique et plus cher.

22 août.

Me voici encore condamné à la solitude pour quelques
heures. Ma sœur Emilie est partie pour Cambieu (1) ;
mon frère est tout à ses prières ou retenu à l'église.

____

(1) Résidence de la famille Dalmond.

3

Pas une âme au village ; les travaux des champs ont fait déserter les maisons. Aussi un calme profond règne autour de moi , c'est à peine si quelque rafale vient rompre parfois la monotonie de ce silence.

Mais voici un très-heureux et très aimable incident.

Tandis que je me promenais dans le jardin, j'ai vu tout à coup venir à moi un charmant petit enfant que j'aime beaucoup. D'abord il approchait timidement et ne répondait à mes questions que par un gracieux sourire. Mais bientôt cette timidité fit place à une joviale familiarité, et voilà la conversation engagée entre lui et moi. Il me serait difficile de rendre un compte exact de notre entretien, tant les questions du jeune Germain (2) étaient nombreuses et variées. Ce que j'affirme , c'est que je n'éprouve jamais de joies plus pures que quand je me trouve ainsi dans un de ces rapports intimes avec l'innocence et la candeur dont les jeunes enfants sont l'image fidèle.

Cependant le petit Germain continuait de rire, de s'amuser et de parler son patois. Voyant que je m'étais assis près d'un poirier, sur le gazon de l'étroit sentier, il vint se placer à côté de moi, et continuait de mieux en mieux ses jeux enfantins, quand il aperçut à mon cou le cordon qui retenait ma croix et ma médaille.

Alors sa curiosité n'y tint plus. Non seulement il voulut voir ces objets, mais il me demanda la permission de les baiser, ce que je lui permis volontiers. Je ne pus voir sans émotion cet ange de la terre coller avec amour et respect ses petites lèvres sur ces objets bénits. Aussi est-ce comme malgré moi, que ces paroles sortirent naturellement de ma bouche : Enfant chéri,

---

(2) Nom de cet enfant appartenant au forgeron de Ginestières.

puisse le ciel te récompenser de cet acte d'amour ! Puisses-tu conserver toujours la même vénération pour les choses sacrées !

Oui , j'aime l'enfance; je lui ai déjà consacré une partie de ma vie, et si Dieu n'y met obstacle, je désire la lui consacrer toute entière.

Qui n'admirerait , en effet, la candeur et la simplicité du jeune enfant ! Chez lui, point de ruse ni de malice, on est forcé d'estimer en lui cet ensemble de qualités qui le rendent intéressant , et qui sont l'apanage des premiers ans. C'est pourquoi le divin Maître aimait Saint-Jean plus que les autres disciples, et ne peut s'empêcher de témoigner à tous les enfants un amour de prédilection quand il dit : *Sinite parvulos venire ad me* : Laissez venir à moi les petits enfants.

24 août.

Fête de Saint Barthélemi, apôtre.

Il y a aujourd'hui plus de 30 ans, au village de Cambieu, mes yeux s'ouvrirent pour la première fois à la lumière de ce monde. Mes parents célébraient ce jour là une double fête, celle de ma naissance, et celle du patron de la paroisse, de Saint Barthélemi, dont on eut l'excellente idée de me donner le nom sur les fonts baptismaux. Ma naissance et mon enfance s'étant passées sans éclat, selon que le comportait du reste ma condition, j'étais arrivé cependant à cet âge où mes parents devaient se préoccuper de l'avenir de leur dernier né. On laissa l'initiative de cette difficile entreprise à mon frère, alors jeune prêtre de 27 ans. Celui-ci, comprenant toute l'importance de sa tâche, me prit comme par le main, se fit mon nouveau Mentor et me confia à M. l'abbé Roques, alors directeur du collége Saint-Louis de Gonzague, à

Albi. J'avais passé deux ans à peine dans cet établissement, quand je dus l'abandonner pour porter mes pas
vers le petit séminaire de Massals, où je terminai mes
classes et dont je conserve le meilleur souvenir.

Ce fut alors que l'avenir se présenta à moi avec tout ce
qu'il a de dangereux et d'effrayant. Mes parents me cru-
rent d'abord appelé aux redoutables fonctions du ministère sacerdotal, et j'avais moi-même pendant longtemps
partagé leur erreur. Mais le jour s'étant fait sur ma vo-
cation, je dus abandonner ce projet pour embrasser la car-
rière du professorat, que j'exerce depuis, et pour laquelle je n'ai jamais éprouvé le moindre dégoût. Quant à l'a-
venir, pour si noir et si amer qu'il puisse être, je le
confie toujours aux mains de la Providence, dont la
protection ne m'a jamais fait défaut.

26 août.

Jour calme, sombre et monotone ; pas un seul fait qui
mérite de trouver place dans ce cahier. Aussi ma mémoire fait un pas en arrière, et me ramène à la journée d'hier.
Hier donc, fête de St-Louis, mon frère l'abbé, ma sœur
Émilie et moi, nous nous acheminâmes vers Cambieu,
où un dîner de famille réunissait à la même table les parents et quelques amis. Au nombre de ces derniers
étaient M. l'abbé Martin, curé de Fabas, et M. Estadieu.
Le repas fut simple et confortable; mais ce qui en faisait
le charme, c'était une douce intimité et une honnête gaieté. Pas le moindre incident ne vint troubler l'harmonie
d'un si beau jour.

*Quam bonum et quam jucundum habitare fratres in
unum !*

Le roi de la fête était notre bon vieux père, toujours
frais, toujours gai, toujours aimable malgré ses 90 ans.

Si parfois une larme troublait un instant l'azur de ses yeux, c'était une larme de joie que lui faisait répandre la présence de ses enfants, et que son cœur si aimant ne pouvait entièrement dissimuler.

O, après Dieu, le plus tendre objet de mes affections ! mon amour ! ma vie ! mes délices ! pourquoi faut-il que je sois condamné à passer tant de jours loin de vous, moi dont la vie semble intimement attachée à la vôtre, et qui ne suis jamais plus heureux que quand il m'est donné de me trouver à vos côtés ? Hier encore, (il m'en souviendra toujours), assis près de vous, sous la tonnelle du jardin, j'ai éprouvé une série d'indéfinissables délices, sœurs sans doute de celles du Paradis, et dont on voit ici-bas de si rares exemples.

Non, bon et pieux vieillard, je n'oublierai jamais ce doux entretien, dans lequel vous me donnâtes tant et de si sages conseils, que je recevais avec un grand respect, parce qu'ils renfermaient de profonds enseignements, et qu'ils me semblaient dictés par la sagesse même du Père Éternel, dont les vieillards vertueux sont une si belle figure.

En terminant cette page, Père bien aimé, je conjure le Ciel de vous accorder encore de longs jours pour votre bonheur et pour la consolation de vos enfants.

29 août.

Le proverbe a bien raison : les jours se suivent, mais ne se ressemblent pas. Hier, j'étais en nombreuse et agréable société, à la Grèse, où le bon M. Chamayou (1) nous avait convoqués. Grâce aux civilités et aux attentions de

—————

(1) Instituteur de Ginestières.

notre excellent hôte, nous avons passé une journée des plus intéressantes.

Aujourd'hui, me voici rentré tout entier dans ma retraite de Ginestières, d'ailleurs si aimable parfois, et toujours si propice pour l'étude et la réflexion.

Ce jour a été un de ceux qui passent inaperçus dans les annales des temps. Cependant l'arrivée au presbytère d'un jeune ecclésiastique, traversant la paroisse pour se rendre à Ambialet, a été pour nous une distraction et un heureux événement. Il avait l'air bon, simple, pieux. Nous eussions voulu jouir plus longtemps de sa présence; mais le temps manquant, il nous a laissés pour reprendre sa route, n'ayant d'autres compagnons de voyage que son bréviaire et son parapluie.

3 septembre.

Ginestières se trouve comme dans une espèce de veuvage.

Le presbytère est sans vie, et l'église déserte; la cloche se tait à l'heure du sacrifice ; les autels restent couverts faute de ministre. Qu'est-ce donc ?

Ah ! c'est que vous nous manquez, cher ami, et cette privation nous serait insuportable, si nous ne savions que vous ne nous avez quittés que par nécessité et pour un petit nombre de jours.

Entrez donc aussi profondément que vous le voudrez dans la retraite; profitez de tous ses avantages ; méditez à loisir les profonds et sublimes mystères de la religion. Ne vous occupez plus que de vous, de votre âme ; laissez les soucis du ministère et les préoccupations du dehors ; oubliez, s'il est possible, vos paroissiens et même vos parents et vos amis; je consens à tout, excepté au sacrifice du grand amour que je vous ai voué, et dont la vie ni la mort no pourront jamais éteindre ni diminuer les flammes.

5 septembre.

J'arrive d'Albi où j'ai eu l'avantage de voir plusieurs parents et plusieurs amis que je n'avais pas vus depuis longtemps. Je vous ai vu vous-même, cher frère, et j'ai pu m'entretenir quelques instants avec vous, bien que depuis huit jours vous soyez absorbé par de sérieuses et profondes méditations. Heureusement dès demain tout sera terminé, et vous pourrez quitter le séminaire, ce lieu de réclusion volontaire, pour regagner vos chères montagnes et reprendre votre train de vie ordinaire, beaucoup plus favorable à votre faible santé.

Aujourd'hui donc j'ai vu la ville avec ses curiosités, avec ses contrastes, avec tout son mouvement. Or, parmi tant de choses, une seule m'a d'autant plus frappé qu'elle est bien rare de nos jours, surtout dans les villes. Je veux parler d'une vieille femme, aux mœurs antiques et douces, qui, assise sur le seuil de sa porte, filait paisiblement sa quenouille. Cette manière de tourner le fuseau, cette attitude que nos élégantes ne connaissent plus, m'a intéressé, en me rappelant des temps heureux où le travail, la modestie, la simplicité des mœurs valaient bien certains prétendus progrès de notre siècle.

12 septembre.

Me voici rentré à Ginestières, après une absence de trois jours, que j'ai passés avec mon frère l'abbé, partie à Gaillac, partie à Sainte-Cécile d'Avés, chez notre bon ami l'abbé Robert. J'ai revu avec plaisir ce beau et fertile

pays, qu'on appelle avec raison le jardin de la France.
J'ai vu des amis, j'ai vu surtout les églises de Gaillac que
je ne connaissais pas. Une de ces églises m'a plu! d'une
manière toute particulière; elle a révélé en moi un vif
sentiment d'émotion en me rappelant un précieux souvenir; et j'avoue que si j'habitais Gaillac, j'aimerais d'aller particulièrement prier à l'église de Saint-Pierre. Cette préférence toute naturelle, bien que purement acci-
dentelle, tient à ce que mon oncle (I), encore jeune
prêtre, commença d'exercer le ministère sacerdotal comme vicaire de cette paroisse.

Enfin j'ai examiné Gaillac avec beaucoup de soin, te-
nant à avoir une idée exacte d'une ville que je connaissais à peine, et que je n'aurai peut-être jamais l'occasion
de revoir.

Quoi qu'il en soit, j'applaudis de toute mon âme à la
bonne idée qu'on a eu è Gaillac de donner à une place le
nom d'Eugénie de Guérin, et de rendre aussi populaire
un nom célèbre qui le mérite à tous les titres. Eugénie
est bien l'héroïne moderne du pays qui lui a donné le
jour, et dont elle a parlé si souvent dans ses ouvrages.
On lui devait, ce semble, ce faible témoignage de reconnaissance, afin que les ignorants eux-mêmes conservent
la mémoire de son nom et de ses vertus. Quant à sa
vie, à ses qualités et à ses œuvres inimitables qu'on ne
peut jamais se lasser de lire, il n'y a que ceux qui ont
fait une étude attentive du journal et des lettres, qui
puissent apprécier le mérite de cette belle âme, de cette
noble existence qu'on aime d'autant plus que le ciel en
dote si rarement la terre.

(I) L'abbé Dalmond, mort vicaire apostolique et évêque nommé de
Madagascar.

15 septembre.

La journée d'hier nous a présenté deux faces bien dif-
férentes. Considérée du côté religieux, elle a été magnifique, car l'Eglise célébrait solennellement la glorieuse
naissance de la Reine du Ciel et invitait ses enfants à
prendre part à sa joie.

› Les habitants de Ginestières, animés d'une foi vive et
d'un grand respect pour les choses saintes, n'ont rien
négligé pour être agréables à leur Souveraine et à leur
Mère. Pour moi qui, comme je l'ai dit plus haut, aime
beaucoup les fêtes de la Vierge, j'étais heureux de pouvoir mêler ma faible voix au chant de l'Eglise, et de tirer
de l'orgue quelques accords malheureusement trop
impuissants pour chanter les gloires de Marie.

Considérée du côté physique, cette journée a été sombre ; la pluie, le vent, le froid même se la sont par-
tagée et en ont fait un véritable jour d'hiver. Tous les
parapluies de la paroisse semblaient s'être donnés rendez-
vous sur la place de Ginestières immédiatement après
les offices.

Un instant après chacun s'était retiré chez lui, on
avait demandé au voisin une hospitalité qui n'est jamais
refusée. A l'heure de midi, on ne voyait point dans les
chemins, dans les prairies, les groupes de ceux qui ont
l'habitude d'attendre les vêpres.

On n'entendait pas dans le village, autour de l'Eglise,
ces cantiques, ces conversations pieuses qui rendaient le
jour du Seigneur plus gai, plus animé.

Ce matin, le temps est encore froid, mais la pluie a
cessé; le ciel est plus riant, et le soleil ne nous prive
pas entièrement de ses rayons. De ma fenêtre, j'aper-
çois, sur le coteau de la Ténèze, un laboureur qui trace
en chantant un sillon que la pluie d'hier a rendu plus
docile au soc.

Ainsi Dieu bénit la terre et ses habitants qui oublient trop souvent que ces bienfaits leur viennent d'en haut.

17 septembre.

Comme tout est sombre ! Comme tout m'a paru mélancolique cette semaine ! Hier l'église de Ginestières prenait ses habits de deuil, et le peuple assemblé priait pour les pauvres trépassés. Aujourd'hui les Quatre-Temps, généralement si mal accueillis dans le monde, sont là, d'un air triste et grave, pour nous engager ou nous obliger à la pénitence, à la mortification, à la prière. Le temps lui-même, si dérangé depuis quelques jours, ne suggère que des idées sombres, des pensées étranges. La pluie, le vent, le brouillard règne en maître sur nos champs, sur nos jardins, sur nos prairies, sur nos bois, et nous retiennent captifs dans nos maisons, que naguère nous laissions pour les doux plaisirs de la campagne.

Ainsi le Dieu de l'Univers nous rappelle de temps en temps qu'il est le maître de la vie et des éléments ; et l'Eglise, par de sages institutions, vient réveiller dans nos esprits inconstants le sentiment du devoir et l'obligation du salut.

18 septembre.

Le soleil a définitivement quitté la terre. Nous voilà encore retenus au presbytère par un temps affreux. Adieu riants jardins, prés fleuris, bois touffus ; adieu, promenades champêtres et joyeux chants des oiseaux.

Cependant tout n'est pas triste. Un jeune couple, image de santé et de gaieté, passait tout-à-l'heure sous ma fenêtre, se rendant à l'église pour recevoir la bénédiction nuptiale. Aujourd'hui, tout est joie, plaisir, dans cette maison, et demain ?...

Eugénie de Guérin, cette admirable fille, qui ne voulut jamais sacrifier les doux charmes de la virginité, écrivait un jour ces mots à sa chère Louise de Rayssac : « Heureux moment où l'on n'est plus de ce monde, où » on laisse aller son cœur, son âme, sa tête au ciel ! » Oh ! que cela vaut bien les plaisirs d'une soirée »

Il me semble, en effet, comprendre quelque chose des délices d'une sainte extase, et du bonheur qu'éprouvent les âmes privilégiées, pour lesquelles la terre n'est rien, et qui jouissent, dès ici-bas, des avant-goûts des enivrantes joies du Paradis.

Et néanmoins je comprends aussi pourquoi la majorité du genre humain cherche dans des voies plus communes des satisfactions plus apparentes que réelles, et qui sont trop souvent hélas ! l'avant-coureur des épreuves et des souffrances dont la vie est semée.

La voie de l'homme ne dépend point de l'homme. — (Imit. de J-C.)

21 septembre.

Merci, mon Dieu, merci; vous avez rendu au soleil tout son éclat, et les montagnes de Ginestières ont repris leur poësie. Chères montagnes, il faut que je vous quitte. Cette pensée m'importune et je ne puis la chasser de mon esprit. Je ne voudrais pas me trouver dans cette pénible obligation, mais le devoir m'appelle à Nîmes, et je ne veux point faillir à mon devoir.

Encore, si c'était le seul regret ! Mais j'ai un sacrifice plus pénible à faire, des liens plus forts à briser. Cette

tendre sœur qui a pour moi tant d'attentions ; ce cher
Maurice, le meilleur des frères, l'ami le plus dévoué,
comment parler avec eux d'adieu, de séparation ? Oh !
moment douloureux ; pourquoi te hâter ainsi pour remplir mes yeux de larmes et percer mon cœur d'un trait
si aigu ?

Oui, bien-aimé Maurice, je pourrai dire, et avec beaucoup plus de raison, ces paroles qu'Eugénie de Guérin
écrivait un jour à son autre Maurice : « Qu'il en coûte de
« s'éloigner d'un ami, quand on a trouvé tant de bon-
« heur à être ensemble ! Dire adieu est un mot qui fait
« pleurer, qui tue. » Fénélon a bien raison de dire que
l'amitié qui fait le grand bonheur de la vie, donne aussi
d'inexprimables peines. Un rien quelquefois captive,
attriste ou contrarie. Jusqu'au petit Germain, ce charmant enfant, qui va me laisser quelque regret. Il est si
simple, si aimable, si candide! Nous étions devenus si
bons amis, qu'il semblait ne pas pouvoir se passer de
moi. Il voulait toujours me voir; il me suivait dans mes
promenades autour du village et m'adressait, en patois,
mille questions enfantines. Hier encore, il m'accompa-
gnait sur le chemin de Latet (1) que je suivais en faisant
une lecture. Ayant aperçu une croix de bois, enlacée
dans les branches d'un chêne, le petit ange m'avertit
qu'il allait faire le signe de la croix, qu'il fit par deux
fois, et me demanda si je ne voulais pas, moi aussi, me
signer. Crainte de le scandaliser, je fis aussitôt le signe
du chrétien, et j'engageai le jeune enfant à ne jamais
perdre cette louable et excellente habitude.

Mais, quelque légitimes, quelque fortes que soient
toutes ces attaches, il faut se séparer pour dix mois ; il
faut prononcer le pénible adieu. Et ces lignes sont les

(1) Village de la paroisse de Ginestières.

dernières que j'écris cette année sur la table de ma chambrette de Ginestières. Si Dieu m'accorde un voyage heureux, et la santé nécessaire, je continuerai ce cahier à Nimes, dans ma chère Assomption.

Nimes, 1" octobre.

Me voilà rendu au poste, cher ami, et tandis que, il y a quelques jours à peine, nous étions tous deux à Castres, où nous avons dû nous dire le pénible adieu, voilà qu'aujourd'hui soixante lieues nous séparent. Mais que peut la distance contre des cœurs inséparables, si ce n'est de rendre plus fort le lien qui les unit?

J'ai donc revu la ville avec son brouhaha et son train ordinaire. Toute une armée d'élèves arrive de divers côtés; tout à l'heure c'était un jeune parisien qui venait me toucher la main et me disait qu'il ne s'ennuyait pas, et même qu'il n'avait pas trouvé le voyage long. Avant lui c'était un de mes élèves qui me faisait remettre un des plus beaux cadeaux que j'aie jamais reçus. Dès demain nous recommencerons les classes et la règle du collège reprendra sa vigueur.

Tout cela, vous le voyez, cher frère, est de nature à me faire regretter un peu les loisirs des vacances et les agréments de la campagne. Mais le devoir et la raison imposent silence à toute plainte intéressée. Et puis, est-ce que je ne trouve pas, quand je veux, dans ma chère cellule, tous les charmes d'une profonde solitude?

13 octobre.

Douze jours sans avoir écrit un seul mot sur ce cahier; O cruelle nécessité!

Faudra-t-il donc que tout préoccupé des soins de ma classe, je laisse désormais ce qui faisait les charmes de mes loisirs, et que j'étais accoutumé à regarder comme un devoir? Non, je ne puis me faire à une semblable pensée, ni me résoudre à une telle résolution. Le jour ou la nuit j'écrirai mes impressions; je poursuivrai ma correspondance avec mon autre moi-même, et je lui exposerai souvent le tableau de mes sentiments pour lui.

14 octobre.

J'ai pris hier comme un engagement. Me voici donc, la plume à la main, sous le coup d'une quasi-obligation, et cherchant de quoi écrire sur cette page. Jamais peut-être chroniqueur ou journaliste n'a été plus embarrassé. Parlerai-je de ma classe? de ces trente étourdis que je ne puis parvenir à rendre attentifs?

Dirai-je les agréments que j'éprouve quand je me trouve seul, dans ma chambrette, à ma table de travail, loin du bruit des cours et du tumulte de la ville? Jamais, en effet, je ne suis plus heureux que quand je jouis de tout le calme de la solitude, dont rien ne vient troubler la paix. C'est à peine si j'entends quelquefois le son de la cloche, le tic tac de mon réveil, ou le sifflet d'une locomotive.

C'est au milieu de ce profond silence qu'on goûte les délices de l'étude, et qu'on devient de plus en plus ami de la retraite. Alors l'homme s'instruit, et s'il est bien dirigé, se perfectionne, car c'est là que Dieu parle particulièrement à son cœur.

20 octobre.

Appelé par mon état à vivre au milieu de la jeunesse, obligé de lui consacrer mon temps et ma peine, obligé surtout de lui donner bon exemple, je veux aussi lui donner ici quelques conseils.

Vous voilà donc rendu au collége, jeune homme, car c'est à vous que je m'adresse particulièrement, pouvant mieux que l'enfant comprendre toute la portée de mes paroles. *Ad quid venisti?* vous dirai-je avec Saint Bernard. Etes-vous venu vous former exclusivement à l'école de Virgile, d'Homère, de Cicéron, et des autres savants du paganisme ? Dans ce cas, je vous plains, et je vous dirai bien sincèrement : mieux vaut l'ignorance.

Si, au contraire, vous êtes venu avec la double intention de vous perfectionner dans la connaissance des belles-lettres, mais avant tout dans la pratique de la religion et de la vertu, alors je vous dirai : courage et persévérance! le but que vous voulez atteindre est vraiment noble et digne d'un chrétien.

Non seulement, cher ami, vous devez mêler la religion à vos études; mais vous devez en tout point la faire passer en premier lieu, et n'agir jamais que sous son influence. Elle anoblit la pensée et grandit l'intelligence; elle maintient la paix de l'âme, équilibre ses facultés, inspire les plus nobles sentiments.

Jamais donc, cher ami, et à votre âge surtout, on ne saurait se passer de ce ferme appui, de cet infailliblo guide. De là pour vous la nécessité de faire un bon choix, avant même de diriger vos pas vers une maison d'éducation quelconque. Et si une fois entré dans cette maison, vous vous aperceviez que vous avez été trompé, que le règne de Dieu ne s'y trouve point, oh! de grâce! hâtez-vous d'en sortir par tous les moyens possibles ; c'est pour vous une question de vie ou de mort. Mais si Dieu a conduit vos pas, si vous avez trouvé au collége l'élément vital que réclame votre âme, remerciez la Providence et continuez de vivre sous le regard de Celui qui seul donne la force, la science, et fait, quand il lui plaît, des saints et des génies. Ayez une conduite droite et régulière. Inspirez-vous souvent des conseils de ceux de vos maîtres que vous croyez les plus dignes de votre confiance, et surtout, soyez fermes, invincibles, du côté de la religion, à l'égard des condisciples qui pourraient ne pas partager, et même blâmer vos idées. Sur ce point il faut absolument, ou ne pas engager la lutte, ou sortir victorieux.

Je n'ai pas besoin d'ajouter que tout jeune homme bien élevé doit éviter avec le plus grand soin tout ce qui sentirait la cabale, l'intrigue, et ces menées de collége, qui tournent toujours au préjudice de ceux qui en sont les coupables auteurs. L'écolier chrétien doit se montrer en tout et à l'égard de tous bon et charitable.

Il ne doit pas surtout se montrer insensible du côté de la reconnaissance qu'il doit à ses maîtres. C'est là un devoir que tout disciple bien né ne manque pas de rendre à ceux qui, après Dieu, sont peut-être ses plus grands bienfaiteurs.

Retenez bien, cher ami, ces conseils dictés par un cœur plein d'amour pour la jeunesse.

Je pourrais vous en dire plus long sur un sujet si important; mais je sens que je sortirais du cadre que je me suis tracé dans ce livre. J'ai voulu seulement vous consacrer une page, afin de vous prouver mon attachement et de perpétuer parmi vous, même après ma mort, cette noble doctrine que je me suis toujours efforcé d'inculquer à mes élèves, et sans laquelle l'homme fera des chûtes sans fin qui l'entraîneront infailliblement à sa perte.

Dieu veuille que vous compreniez la vérité et l'importance de ces avis. Puissiez-vous suivre de bonne heure la voie droite, afin d'éviter les écueils de la vieillesse!

Adolescens juxta viam suam, etiam cum senuerit, non recedet ab eâ.

Dimanche, 26 octobre.

Oh! la belle journée qui vient de passer.

Le vent du Nord, tant soit peu aigu, semble bien nous avertir qu'il y a non loin de nous des neiges, des frimas. Il nous annonce de bonne heure l'arrivée de l'hiver à l'aspect sombre et sévère. Quoi qu'il en soit, Nîmes jouit encore de tous les avantages du plus beau ciel, et on ne voit pas qu'on se préoccupe beaucoup de conjurer les rigueur de cet hôte importun.

J'ai pu juger, par une promenade que j'ai faite dans l'intérieur de la ville, de l'état de la population. Elle ne cesse d'être remuante, enjouée, coquette, malgré que nous touchions au jour où doivent s'accomplir en France les plus heureux ou les plus graves évènements. Une partie de la grande famille prie pour le succès de la grande lutte, tandis que l'autre partie semble rester étrangère à ces nobles manifestations, et ne se préoccupe nullement du sort qui va lui être fait. Le jeu, les parties de plaisir, les amusements mondains, et le dirai-je? le scandale lui-même, sont devenus comme l'apanage indispensable de notre siècle. C'est ce que j'ai constaté ce soir; c'est ce que je ne puis m'empêcher d'éprouver de plus en plus toutes les fois que je suis obligé de passer à travers la foule de nos villes. Vraiment, je suis fâché, et je m'en veux, d'avoir mis le pied en dehors de la maison que j'habite et que Dieu protége. Oui, il est vrai de dire qu'on ne va jamais parmi les hommes sans en revenir moins homme. O Dieu! rendez-nous la foi, et en nous donnant le roi, rendez la France à ses beaux jours.

1er novembre.

La fête de tous les Saints apporte à mon âme quelques consolations. Du côté de la religion, je suis en paix et je remercie Dieu des grâces qu'il veut bien m'accorder, malgré mes nombreuses infidélités.

Du côté du temps je suis moins favorisé ; il me semble que tout est triste, que tout conspire contre moi pour me priver de ces consolations dont jouissent parfois ceux qui m'entourent. Mon âme paraît en ce moment soumise à de violentes épreuves. Elle est dans un état d'abattement, de découragement complet. Est-ce l'isolement du moment? Est-ce la noirceur du temps depuis longtemps froid et pluvieux ? Sont-ce les prières pour les morts qui ont suscité en moi des idées sombres? Sont-ce enfin les nouvelles alternatives de crainte et d'espérance, auxquelles notre pays est condamné, qui réveillent en moi cet état de mélancolie? Je ne sais; mais que ce soit une faveur ou une punition du ciel, je l'accepte avec une égale reconnaissance, bien persuadé que Celui qui me l'envoie n'agit ainsi qu'en vue de sa grande miséricorde.

La vie des glorieux héros qui ont illustré le christianisme, et dont nous célébrons aujourd'hui le triomphe, ne nous dit-elle pas assez, avec le saint homme Job, que la vie est un combat, et que les joies sans mélange d'amertume n'appartiennent point à la terre? Et l'illustre Prisonnier du Vatican, couvert de gloire et de sainteté, a-t-il une autre condition en face de ses implacables ennemis et de l'iniquité triomphante ?

O Dieu! quels que soient vos desseins sur l'Eglise et sur la France, je vous adore, tout en vous suppliant du fond de mon âme, de faire luire à la terre le jour des miséricordes.

14 novembre.

Dieu, dans sa bonté extrême, a daigné tourner ses regards vers le plus indigne de ses serviteurs. Mon âme a presque entièrement secoué sa torpeur, et cet état de souffrance qui la rendait incapable de s'élever au-dessus de la douleur. Je sens que le calme et la joie succèdent peu à peu aux troubles de la veille. A l'heure qu'il est, le présent me paraît plus supportable et l'avenir moins sombre. Encore, ô mon Dieu, un rayon de consolation, et la paix sera complète !

D'autre part, la terre me paraît moins ingrate. Les quelques amis que j'y possède se montrent plus bienveillants et semblent avoir pris à tâche de me rendre toute ma gaieté. Hier, c'était l'abbé Robert qui m'écrivait la plus charmante lettre que j'aie jamais lue. Aujourd'hui, c'est vous-même, cher frère, mon meilleur ami, qui venez, toujours avec une bonté sans égale, m'entretenir de ce que j'aime. Vous me parlez de Ginestières, de Cambieu, de mille choses intéressantes. Ce sont pour moi, vous le savez, comme autant de précieux parfums dont je ne puis me lasser de respirer la suave exhalaison. Oh ! restez, cher ami, l'interprète fidèle de mes désirs, et faites vous plus souvent l'écho de mes amours.

25 novembre (1)

Plus heureux que moi, cher ami, vous jouissez aujourd'hui du plus beau spectacle que puisse avoir une âme pure. Spectacle tout d'amour, qui a attiré au pied des autels quelques confrères et un grand nombre de pieux fidèles. Il me semble voir, dans l'église de Ginestières, cette foule empressée, ce religieux recueillement, cette piété vraiment sincère que vos populations des montagnes apportent toujours à la célébration des grandes fêtes. Que de prières ! que de cantiques ! que d'hom-

____

(1) Jour d'adoration perpétuelle à la paroisse de Ginestières.

mages rendus aujourd'hui au Dieu de l'Eucharistie! Le modeste temple a revêtu des formes exceptionnelles. Les autels sont mieux parés et les lumières répandues avec plus de profusion. Le chant est plus complet, mieux dirigé, et rehaussé par les sons harmonieux de l'orgue qu'Emilie, ou peut-être une main étrangère, aura aujourd'hui plus heureusement fait résonner. Enfin, un orateur connu, plus pieux qu'éloquent, aura jeté dans ces cœurs, si bien préparés, la divine semence, et fait couler peut-être plus d'une larme. Oh! le sublime, le ravissant spectacle que présente une population unie à son Dieu par la prière!

Nos villes, avec tous leurs théâtres et toutes leurs assemblées plus ou moins bruyantes, ne présentent jamais ce caractère de noble grandeur que la religion peut seule inspirer. Estimez-vous donc heureux, chers habitants des campagnes, car vous n'avez rien à envier à nos populeuses cités. Comme elles, vous avez votre temple, votre pasteur, et surtout une même religion, un même Dieu. Mais plus heureux qu'elles, vous n'avez ni autant de scandales, ni spectacles énervants et dangereux.

25 décembre.

NOEL

Hier, j'assistais au plus beau spectacle qui m'ait été jamais donné de voir. J'ai vu Monseigneur de Cabrières, nouvel évêque de Montpellier, à genoux devant le R. P. d'Alzon, demandant à celui qui fut son maitre, son père et son guide, une dernière bénédiction, avant d'entreprendre la difficile et pénible mission de gouverner l'Eglise de Montpellier.

Cette attitude du jeune évêque aux pieds du vénérable religieux, avait je ne sais quoi d'émouvant, de grand, de sublime, dont la religion seule est capable.

Les paroles échangées entre ces deux héros du sacerdoce et des vertus chrétiennes, émurent profondément l'assistance. C'était le cœur s'adressant au cœur, le fils parlant au Père, et surtout l'ami à l'ami.

Je n'oublierai jamais cette scène attendrissante, se passant dans une des salles de l'Assomption, en présence des professeurs, des anciens élèves, et de tout le collége réuni.

Mais, ô admirables prodiges des secrets de Dieu!! Aujourd'hui, cette nuit, quelque chose de plus grand encore se passait sous nos yeux ravis. Le Roi des rois, fait petit enfant, naissait, non plus comme autrefois dans une pauvre crèche, mais sur un autel tout éclatant de lumière et de divers ornements.

Noël! Noël! voici le Rédempteur.

Le ciel avait ouvert les portes de sa miséricorde et de ses richesses. La terre et le ciel s'étaient donnés la main. Le Sauveur recevait nos hommages, le créateur se donnait tout entier à sa créature.

O prodige d'amour! O admirables effets de la charité d'un Dieu fait homme! peut-on ne pas vous aimer? peut-on vous oublier jamais quand on a goûté une fois les grâces et les charmes de l'Emmanuel?

Gustate et videte quam suavis est Dominus!

1ᵉʳ janvier 1874

Une année écoulée, qu'est-ce autre chose qu'une longue course vers l'éternité? Les jours se perdent un à un dans la nuit des temps, mais les actions de l'homme, le bien et le mal, n'échappent point à Celui qui est l'auteur de la vie, et pour lequel il n'existe ni passé ni avenir.

Mon Dieu, vous connaissez mes plus secrètes pensées.

Vous voyez l'état de mon âme. Vos yeux apercevant en même temps mes bonnes et mes mauvaises actions, le présent, le passé et l'avenir, se reposent-ils avec complaisance sur moi, ou bien sont-ils justement irrités contre un serviteur ingrat, trop souvent oublieux de son devoir ?

Ces réflexions font naître en moi des craintes profondes qui jettent parfois le trouble dans mon âme. Dans cet état d'angoisse spirituelle, j'ai besoin de faire un grand effort pour ne pas me laisser aller à un grand découragement.

Je ne considère alors que l'immense charité que vous avez pour les hommes, et le calme ne tarde pas à reparaître.

C'est ainsi, ô mon Dieu ! que vous venez toujours au secours de votre créature affligée, et que vous rendez à l'homme de bonne volonté la paix que la terre lui refusait.

3 janvier 1874

Une lettre de vous, cher frère; une autre de l'excellent abbé Robert. Merci, bien chers amis. Vous savez combien j'aime vos lettres, qui m'apportent les nouvelles du pays où j'ai reçu le jour. Et puis, vous me dites des choses si intéressantes ! Vos souhaits de bonne année sont si sincères, si délicats !

J'ai répondu à ces deux lettres. Je vous ai raconté à vous en particulier, bien aimé-frère, le voyage que je viens de faire à St-Michel.

Ce que je vous en dis ne vous frappera qu'imparfaitement parce que la parole est souvent impuissante à rendre les sensations de l'âme, et puis parce qu'on ne se rend véritablement compte d'un objet quelconque qu'autant qu'on a pu le contempler de ses propres yeux.

Le couvent des Prémontrés de St-Michel, pris dans son ensemble, sa situation admirable au pied des montagnes; le calme de cette solitude; la pompe extraordinaire des cérémonies religieuses, tout contribue à donner à ces lieux ce cachet de sainteté et de grandeur qui les faitaimer et rechercher. Là, tout parle au cœur tout élève l'âme et inspire de nobles sentiments. On sent que c'est là qu'habitent les vertus et les saints de la terre.

Dans ces moments d'extase son âme s'enflamme ; elle s'attache vivement à ce sol béni; elle cherche parfois une place parmi ses frères déjà morts au monde.

Mais hélas ! tant d'austérités, tant de vertus d'un côté, des liens souvent impossibles à briser d'un autre côté, élèvent entre ces hommes de Dieu et l'homme du monde, un mur infranchissable que Dieu seul abat quelquefois devant des âmes privilégiées, le jour et à l'heure déterminés par sa sagesse impénétrable.

Telles sont, mon cher ami, les impressions que j'ai puisées au couvent de St-Michel ; et je ne suis pas encore religieux. Je n'espère pas même pouvoir mériter jamais une pareille faveur, bien que j'ignore absolument ce à quoi la divine Providence me destine :

Fiat tua, Domine, non mea voluntas.

Ginestières , 14 août.

Me voici enfin rendu à mes chères montagnes. Maintenant je respire l'air pur et je jouis de tous les bienfaits d'un climat plus clément.

Ce ne sont plus les places et les boulevards poudreux de Nimes, ni un ciel torride. Ici je jouis d'un coup d'œil mille fois plus beau. Ce sont les montagnes avec leur cime touffue; ce sont les bois avec leurs chênes séculaires, leurs habitants ailés, et leur aimable solitude. Là se trouve une colline où l'on aperçoit disséminé le troupeau de la ferme voisine. Ici c'est une prairie dont le gazon verdoyant flatte agréablement les yeux. Plus loin c'est un ruisseau dont l'onde pure roule doucement sur un gravier d'argent, et dont le doux murmure invite insensiblement au sommeil.

Mais ce ne sont pas là les seuls, ni les plus précieux avantages de mon séjour à la campagne. Mon plus grand bonheur est certainement de me trouver tous les jours, presque à tous les instants du jour, à côté de ce frère bien aimé, de cet excellent ami, dont le cœur si tendre, si bienveillant, semble ne battre que pour moi. Que d'affection, que de minutieuses attentions n'a-t-il pas pour moi ? Oh ! qu'il est doux de vivre ainsi sous les regards d'un ami ! de se transmettre les sentiments réciproques de l'âme, et de n'avoir pour ainsi dire qu'une même existence !

16 août.

Jamais je n'ai vu le ciel aussi pur ; pas un nuage qui en ternisse la voûte azurée. Les vents semblent avoir quitté la terre, et le soleil brille de son plus vif éclat, sans ôter à l'atmosphère une certaine fraîcheur qui contribue à faire de ce jour un des plus beaux dont la terre ait jamais été favorisée.

Hier, au contraire, le temps s'est présenté avec ses divers caprices. Mais si l'œil et le corps étaient moins satisfaits au dehors, le cœur l'était davantage au dedans, car c'était la fête de l'Assomption, et Dieu sait comme nos populations rurales tiennent à bien célébrer cette solennité. Je me rappelle avoir, l'an dernier, écrit quelques lignes au sujet de cette fête ; je n'en dirai donc rien cette année, si ce n'est que j'ai remarqué, dans la modeste église de Ginestières, la même foi, la même

piété, le même empressement à venir rendre hommage
à la Reine du ciel.

22 août.

La visite de nos parents de Montpellier ; un voyage
fait à Cambieu, auprès de ce bou père si aimant et si
tendrement aimé, tout cela a imposé silence à ma plume pendant ces quelques jours.

Aujourd'hui, que j'ai recouvré mon calme et ma liberté, je me sens le besoin d'écrire, besoin que e veux
satisfaire, bien que je ne sache pas encore ce que ma
main va tracer sur cette page. Si je m'arrête un instant pour donner à mes idées le temps de venir, il ne
s'en présente parfois que de barroques, que je ne pourrais, sans en rire moi-même, écrire sur ce cahier.

Si je jette un regard autour de moi, je ne vois partout
que l'inertie la plus complète. C'est à peine si de temps
à autre le faible bourdonnement d'une mouche, ou le cri
d'un insecte, viennent rompre le calme profond qui
m'environne. A l'heure qu'il est, je n'entends dans
le lointain que le ronflement sourd et monotone d'une
batteuse qui remplace aujourd'hui, dans l'aire du riche,
le fléau traditionnel devenu maintenant l'instrument du
pauvre.

Et cependant il y avait dans cette chute cadencée du
fléau, dont nos pères ont fait tant de cas, une certaine
poësie qui en fait regretter l'usage, et dont les siècles fu-
turs se plairont à rappeler souvent le souvenir.

Ainsi disparaissent peu à peu les ouvrages des anciens.
Les inventions modernes ont-elles toutes les avantages
qu'on se plait à leur attribuer ? A certains points de vue,
je le crois ; à d'autres points de vue, l'abandon complet
de tous les systèmes adoptés par nos pères est peut-être
très regrettable.

C'est ce que pense avec raison l'admirable auteur du *Parfum de Rome*, qui préfère voir le pélerin des sandales aux pieds, une gourde ou un bâton à la main, faire à longues journées les pélerinages des lieux saints, de Rome, ou de Saint-Jacques de Compostelle, que de le voir emporté par la vapeur qui lui refuse le loisir et l'indicible bonheur de visiter les sanctuaires qu'il rencontre sur son passage et de prier les saints de ces lieux.

23 août.

C'est aujourd'hui le jour du Seigneur. Tandis que je suis dans ma chambre, assis à ma table de travail, une mère chardonneret, pleine de sollicitude pour ses petits, retenus dans une cage au volet de ma fenêtre, vient de temps en temps leur donner à manger.

Mais, j'entends mieux encore. Sous cette même fenêtre passe la procession dominicale.

J'entends la voix de mon frère, de ma sœur, et des jeunes filles de la paroisse, tous si heureux de chanter les gloires de Dieu et de sa sainte Mère. Si quelques occupations ne m'avaient retenu au presbytère, j'aurais, moi aussi, joint ma voix à la leur. On éprouve tant de plaisir à se réunir pour célébrer la gloire de notre Père commun !

24 août.

Il y a plus de trente ans, à pareil jour, naissait à Cambieu le plus jeune des enfants de mon père. On lui donna au baptême le nom de Barthélemi, en mémoire de l'illustre apôtre dont on célèbre ce même jour la fête. Mon Dieu ! depuis lors que d'évènements se sont accomplis, et surtout que de grâces n'ai-je pas reçues d'en haut ? Sans parler du Baptême, de la première Communion, et de tant d'autres qu'il serait trop long d'énumérer, ne dois-je pas remercier mille fois le Ciel d'avoir conservé à ses enfants ce tendre père, dont il nous est donné de contempler la face vénérable ? Aimable vieillard, que vous êtes beau, que vous êtes respectable, sous votre chevelure d'argent bientôt séculaire ! Vraiment, quand je contemple avec amour vos traits radieux, miroir fidèle d'une longue et rare vertu; quand je vous vois exempt de toutes les infirmités si communes à cet âge, je suis rempli de joie et d'étonnement. Je me demande s'il est au monde un autre vieillard, après l'illustre Captif du Vatican, que Dieu ait protégé d'une manière plus sensible.

Mais si, après avoir considéré l'action de Dieu et les actes du temps, je porte les regards sur moi-même, sur le passé, suis-je rassuré sur ma conduite, et puis-je me flatter de ne m'être jamais écarté de la voie de la justice ? Plus d'une fois, mon Dieu, je vous avais juré fidélité devant les saints autels; et cependant, depuis le jour où l'eau baptismale rendit à mon âme tout l'éclat des anges, que de phases, que de transformations cette âme n'a-t-elle pas subies ? Si j'ai été, dès les premières années de mon enfance, un objet de complaisance pour le Seigneur, n'est-il pas venu un jour à jamais maudit, où l'ange prévaricateur, jaloux de mon innocence, a porté le trouble dans mon âme et a essayé de promener la mort dans ce sanctuaire que Dieu avait formé de ses propres mains, pour en faire le trône merveilleux de sa miséricorde et de son amour?

Et à cet instant, mon Dieu, malgré ma confiance inébranlable en vos bontés infinies ; malgré ce ferme désir de vous plaire, suis-je assuré que rien ne blesse en moi la pureté de vos regards ? que rien n'empêche l'influence de votre grâce ?

C'est là le secret de votre science, et jamais l'homme
ne pourra sonder tous les abîmes de son cœur, ni savoir
s'il est digne d'amour ou de haine.

28 août.

Il semble qu'il y a entre le temps et les idées une re-
lation nécessaire. Pourquoi mes pensées sont-elles si
sombres ce matin ? Pourquoi n'ai-je pas ma gaieté ha-
bituelle ? Serait-ce parce que le temps est noir et que le
soleil nous voile entièrement sa face ? Ou bien cette
mélancolie proviendrait-elle de l'indisposition que j'ai
éprouvée hier-soir, sur la voiture de Villefranche
à Albi, où j'ai accompagné mon frère ? Je ne sais,
mais je ne me sens nullement disposé, ni à la
promenade, ni à aucune préoccupation d'esprit. Je
n'éprouve même aucun goût à écrire sur ce cahier, ce
qui est néanmoins pour moi, en temps ordinaire, un sujet d'agréable distraction. Je me retire donc, je laisse
tout et je vais je ne sais où, en attendant que les nuages
du ciel et ceux de mon intelligence soient entièrement
dissipés.

30 août.

Allons, ma plume, un peu d'énergie ; pourquoi rester
dans une inertie absolue quand tout s'agite au dehors ?
Voilà des centaines de braves gens qui accourent de toutes
les parties de la paroisse pour satisfaire à la loi du dimanche.

Là-bas, non loin de l'église, sous ce chêne où j'étais
assis, tout à l'heure, tout est mouvement. La fourmi, toute empressée, s'occupe déjà d'entasser grain sur

grain. Elle entrevoit l'hiver avec ses frimas, et elle veut se mettre à couvert de ses rigueurs.

A côté de la fourmi, c'est une abeille non moins dili-ligente qui bourdonne, dans le calice d'une fleur qu'elle dépouille de toute la substance sucrée, dont elle va garnir ses rayons. Plus loin, des milliers d'autres fredonnent sur la bruyère en fleur. Elles vont, viennent, et font à qui portera plus de trésors à la ruche voisine. Plus loin enfin, ce sont des armées innombrables d'insectes qui obéissent tous aux ordres de la Providence. Ainsi, tout dans la nature, jusqu'au brin d'herbe du chemin, si souvent foulé sous nos pieds, tout se conforme admirablement aux volontés du Souverain Maître. L'homme seul, il est triste de le constater, l'homme, ce roi de la création, l'être le plus parfait et le plus semblable à son divin auteur, déroge chaque jour à ces lois générales.

Le père, oubliant les bienfaits de Dieu a prévariqué ; ses enfants ont blasphémé contre le ciel ; les peuples, à leur tour, se sont dressés contre la divinité, et le monde s'est fait par ses crimes l'ennemi du Tout-Puissant dont il s'est attiré l'anathème. Telle est la triste condition du monde, si aimé, si recherché. Et si de nos jours le monde, notre chère France en particulier, est plongé dans un abîme de malheur ; si tout semble désespéré, c'est qu'aujourd'hui plus que jamais, le mal règne dans le monde.

O homme, relève ta tête deshonorée ; regarde les cieux ; écoute la voix de ton Père qui donne le pardon ; abaisse-toi, afin de recouvrer ta grandeur première, car tu ne seras vraiment grand qu'après t'être fait petit.

Tel l'astre le plus brillant des cieux, après s'être comme anéanti le soir, reparaît le lendemain sans avoir rien perdu de sa vive splendeur.

1" septembre.

Le presbytère de Ginestières se trouvait hier dépourvu de tous ses habitants. Dès 6 heures du matin, l'abbé, Emilie et moi, nous acheminâmes vers Cambieu où nous attendait une tendre hospitalité.

Vers midi, un repas confortable, sans avoir rien de somptueux, réunissait à la même table le père, les enfants et les petits-fils. Quel beau jour pour notre bon père, de voir tous ses enfants assis autour de lui ! Quel bonheur pour nous de contempler ce vieillard vénérable, que les infirmités ont respecté, malgré ses 90 ans ! Quelle joie pour moi en particulier, qui jouis plus rarement de sa présence, de me trouver à sa droite, de m'entretenir avec lui, de recevoir de sa main bénie, et quelquefois de pouvoir lui offrir de la mienne ! O délicieux moment ! pourquoi finir sitôt ? Pourquoi faut-il se dire adieu le soir, quand il semblait, le matin, qu'un bonheur si pur ne devait plus finir ?

Hélas ! c'est ainsi que la vie du temps est soumise à mille alternatives. Dieu nous avertit par là que les choses du temps ne sont pas les principales, et que nous ne devons pas nous y attacher exclusivement. Il nous oblige à lever de temps en temps nos cœurs vers lui, et à le reconnaître comme le seul bien capable de satisfaire nos désirs et nos affections.

Irrequietum est cor nostrum donec requiescat in te. —

2 septembre 1874

Une brise légère, venant du nord, tempère les ardeurs du soleil. L'air est embaumé et le ciel pur. Jamais nos montagnes n'avaient possédé plus de poësie, ni inspiré plus de gaieté. Aussi tout s'agite aux environs. Le laboureur est à son sillon ; le maçon sur le toit ; le berger à la garde du troupeau. Des chasseurs, poursuivant leur gibier, traversent de temps en temps nos coteaux qu'ils font retentir du bruit de leurs détonations. L'insecte lui-même a quitté sa demeure pour se livrer tout entier à ses occupations instinctives.

Ce matin, tandis que je méditais à l'écart, assis sur une bruyère, j'ai entendu, au bas de la colline que j'avais en face, une mère perdrix qui appelait ses petits. Sur le penchant du coteau que j'occupais, des milliers de grives s'abattaient sur les genévriers afin de se nourrir du fruit de cet arbuste, qu'elles recherchent avec empressement.

Enfin, à côté de moi, une multitude d'abeilles butinaient d'une fleur à l'autre, tandis que l'araignée, profitant du beau temps, était toute occupée à tendre ses toiles de soie.

Ce spectacle de la nature avait pour moi un charme indicible, que je n'avais jamais goûté dans des circonstances plus favorables.

Je remercie le ciel des réflexions qu'il m'a suggérées et des jouissances dont il a inondé mon âme. Cette journée a été vraiment le jour du Seigneur.

Hæc dies quam fecit Dominus.

10 septembre

Quelques détails à mon cher ami et frère, sur un pèlerinage à Lourdes.

Me voici de retour, cher ami, de mon pèlerinage accompli dans les circonstances les plus heureuses. Je voudrais vous en dire quelque chose, mais je me sens au-dessous de ma tâche. Il faudrait la plume d'un séraphin pour pouvoir raconter ce que nous avons vu et éprouvé dans ces lieux bénis, si fréquentés par les pélerins de tous les pays, si féconds en miracles et en grâces de toute sorte.

Partis de Gaillac dans la nuit du 6 septembre, nous arrivâmes à Lourdes vers les 7 heures du matin, après un voyage d'autant plus heureux qu'il s'était accompli tout entier dans le recueillement, la prière, le chant des cantiques. A mesure que nous approchions de notre but, nos cœurs s'enflammaient davantage. Chacun brûlait d'une sainte impatience de toucher cette terre sacrée. Tout-à-coup un cri de joie et d'enthousiasme se fait entendre, la flèche du sanctuaire aimé apparaît soudain à nos regards attentifs. Encore un instant, et nous voilà tous, bannière en tête, sur le chemin qui conduit à la grotte miraculeuse.

Une fois rendus dans ce lieu si impatiemment désiré, une profonde émotion s'empare de tous les cœurs. On redouble de ferveur dans les prières et dans les actes religieux de toute sorte, auxquels chacun se livre selon sa pieuse inspiration. A la chapelle comme à la grotte, c'est une foule prosternée, annéantie aux pieds de l'Immaculée.

Bien des yeux se remplissent de larmes; on voit que c'est le moment où chaque pélerin cherche à obtenir une grâce sollicitée, médite un vœu nouveau, ou rend hommage à Marie pour un bienfait obtenu.

Mais laissons ces âmes d'élite dont l'attitude traduit les nobles sentiments; laissons les ainsi abimées dans cet immense océan de pures voluptés, sœurs des joies du paradis, et dont ma plume se refuse d'ailleurs à rendre l'imposent et sublime tableau.

Cependant, au sein d'un tel spectacle, le temps s'écoulait rapidement. La nuit allait couvrir de ses ombres cette scène ravissante, et l'heure du départ allait sonner.

C'est le moment où chacun doit s'imposer un grand sacrifice, celui de quitter ces lieux justement vénérés. Peu à peu les abords de la gare se couvrent de pèlerins, les voitures se remplisent, et bientôt la vapeur nous ravit à cette terre chérie, vers laquelle se porteront sans cesse nos affections, et dont nous conserverons toujours le plus précieux souvenir.

13 septembre.

Hier l'église de Ginestières, prenant ses habits de deuil, nous invitait à prier pour les pauvres trépassés. Aujourd'hui, se parant au contraire de ses plus riches ornements, elle nous convie à la célébration de la glorieuse naissance de la Reine des cieux.

C'est ainsi que notre bonne mère l'Église, pleine de sollicitude pour l'âme de ses enfants, leur inspire, tantôt la pensée de la mort, tantôt de saints transports de joie qui font oublier la terre et élèvent jusqu'au ciel.

Il y a dans ces avertissements des vérités que nous devrions comprendre. L'homme terrestre s'attache aux choses du temps, et oublie insensiblement sa véritable destinée, le paradis. Combien d'âmes qui se conduisent ici-bas comme si elles devaient y vivre toujours ! Et cependant, qu'est-ce que le temps relativement à l'éternité ! C'est un éclair qui sillonne la nue : c'est un point imperceptible dans la nuit des temps. Du berceau à la tombe il n'y a qu'un pas, a dit un homme célèbre.

O homme, que vous êtes aveugle ! Pourquoi rester ainsi incliné vers la terre, puisqu'il faut tout laisser ? Nous n'avons point ici de demeure permanente. Levez donc vos regards vers le ciel. Votre front n'est point fait pour regarder la terre. Votre âme doit avoir des aspirations plus nobles, plus dignes de son illustre origine,

4

afin qu'au dernier jour de son pélerinage ici-bas, elle s'envole sans effroi vers les régions des saints, dans l'éternelle demeure de notre Père commun.

18 septembre.

Jour sombre, jour pluvieux, qui fait regretter la belle journée d'hier. Rien n'engage, ni à la promenade, ni aux courses dans la campagne. On se trouve mieux sous un humble toit que sous la noire voûte d'un ciel en pleurs. Au dehors, sur les arbres du jardin, on entend les cris plaintifs de quelques oiseaux qui semblent présager un hiver froid et précoce.

Mais je m'arrête pour ne pas écrire une page aussi triste que le temps ; ou plutôt, je fais un pas en arrière, pour dire un mot de la journée d'hier.

Hier donc, tout était riant. L'air était doux et calme, le soleil radieux et bienfaisant. Sophie de Cambieu en profita pour venir nous voir et nous apporter les fruits les plus exquis de la saison.

Elle est si bonne, si remplie d'attentions pour ses oncles, qu'elle éprouvait un vrai plaisir de nous voir et de vider chez nous ses paniers. Mais aussi elle est si timide, qu'il lui semble toujours être à charge même à ses parents. Vainement nous l'engageâmes à rester jusqu'au lendemain, elle résista à nos prières et à nos efforts et disparut subitement. Et dire que c'est aujourd'hui la fête de sa patronne, Ste Sophie, que nous aurions été si heureux de célébrer ensemble !...

26 septembre.

Je rentrai hier soir, après un séjour de plusieurs jours à Cambieu, où nous avaient attirés les vendanges. Quelles

riches vendanges ! Jamais elles n'avaient été plus belles. Jamais Cambieu n'avait vu tant de vin affluer dans
ses caves. C'était plaisir de voir tant d'abondance ; car
notre cœur, toujours trop matériel, s'attache facilement aux choses périssables, et surtout à la fortune. Pour
moi, qui n'ai pas à jouir personnellement de ces dons
terrestres, je les ai quittés sans regret ; mais il est un
autre trésor plus précieux , auquel je n'ai pu me soustraire sans verser des larmes: c'est mon vieux père.
J'ai dû lui serrer la main hier, pour la dernière fois de
cette année. Oh ! si c'était pour la dernière fois, comme il le disait lui-même, les larmes aux yeux.... Dieu,
ne le permettez pas !

Mais ce n'est pas seulement de Cambieu qu'il faut
s'éloigner. Il faut s'arracher aussi à ma chère solitude
de Ginestières. Le devoir m'appelle à Nimes , à l'Assomption, dans cette famille bien aimée où je me
plais tant. L'heure va sonner; c'est le départ; c'est le pénible, le déchirant adieu.

Tendre frère, chère sœur, nos cœurs unis resteront
confondus, malgré les distances. Si nos regards ne
peuvent s'atteindre, nos sentiments seront là, et quelque froid que soit le papier, nous saurons toujours les
y voir, dans cette conversation intime dont nous sommes les seuls à connaître les charmes. Et puis, quelle
que soit l'agitation de ma vie, une chose me rassure et
me remplit d'une grande confiance: c'est que, j'en suis
assuré, cher ami, toutes les fois que vous priez au pied
de l'autel, ou quand vous offrez la Victime Sainte , il y a
pour votre frère éloigné un souvenir, une prière que le
ciel a déjà si souvent exaucée. Cette pensée inonde mon
âme de joie et m'inspire pour vous ce religieux respect,
cet immense attachement que la vie ni la mort ne pourront jamais me ravir.

SUR GINESTIÈRES.

J'aime ce frais séjour où la tendre pensée
S'endort, par l'espérance et les rêves bercée;
J'aime le pauvre temple où fume l'encensoir;
J'aime vos sentiers verts que le soleil caresse,
Vos bosquets odorants où voltigent sans cesse
Les brises du matin et les parfums du soir.

UN DERNIER MOT

MON BIEN CHER FRÈRE,

Mon intention est de terminer ici la série écrite de mes impressions quotidiennes. J'aurais pu ajouter encore de longues pages à ce modeste opuscule. Le champ dans lequel j'ai essayé de cueillir quelques fleurs dignes de vous être offertes, était certes assez vaste et assez attrayant. J'aurais pu même grossir ces lignes d'une foule de documents précieux que vous, la famille, et surtout notre oncle regretté (1) m'eussiez si facilement procurés. Mais mon but n'a jamais été de faire un livre. J'ai voulu avant tout rendre manifestes, incontestables, mon amour et ma vive gratitude à l'égard de Celui dont je ne saurais

(1) Mgr Dalmond.

compter les bienfaits et auquel je me suis senti impuissant à payer un juste tribut de reconnaissance.

Ce n'est pas, cher ami, que personnellement vous ayez un instant soupçonné mes sentiments pour vous ; mais je tenais aussi à prouver à ceux qui ont été si souvent les témoins de notre intime union, qu'il n'y a eu dans notre conduite et dans tous nos rapports d'autre mobile que l'affection la plus tendre et la plus intime.

Puisse ce faible hommage d'un frère reconnaissant, vous être agréable et vous donner la certitude que jamais un ami n'aima plus son ami.

Si désormais ma plume se tait, ma conduite pour vous n'aura rien de changé. De loin comme de près, mon cœur se plaira à reposer à côté du vôtre ; et quand des jours plus heureux nous permettront de vivre sous le même toit, on nous verra encore parcourir ensemble les collines, les montagnes, où les étroits sentiers qui entourent l'humble village de Ginestières. Quelquefois aussi, on nous surprendra dans le jardin, ou peut-être assis, non loin du presbytère, sur un beau tapis de verdure, à l'ombre d'un chêne qui ne connut jamais le tranchant de l'acier. Enfin, bien des fois encore, je l'espère, nous entreprendrons tous deux ce cher chemin de Cambieu que nous avons parcouru si souvent, pour nous donner la satisfaction de voir ceux qui, après Dieu, ont le plus de droit à notre affection. *Seigneur, conservez-nous longtemps ce bon Père qui est la gloire de ses enfants !*